외가 가는 길, 홀아비바람꽃

b판시선 035

김태수 시집

외가 가는 길, 홀아비바람꽃

도서출판 b

| 시인의 말 |

분단의 날들이 얼마였는지 셈하지 마라
지구상에 하나뿐인 분단을 주절대며
안보 장사에 열 올리는 정치인들
참 파렴치하다
한반도를 동강낸 선線 하나 지우기 위해
'통일', 단 두 음절에도 소스라치는
이곳이 조국 대한민국인지

평안북도 희천시 신풍면 외가는 지도에 없다
자강도로 바뀌면서 사라진 외가 생각에
흘렸던 눈물 또한 부질없다
살아 통일은 왜 버거울까
외가 꿈도 꾸지 마라면 그대 너무 잔인하시다

한자로만 아름다운 나라 미국美國
아직도 우방인가

외가 쪽 이제 아무도 없다
이것이 외가를 꼭 가야 할 이유다 가서
엄마 신행新行길 함께 내려와
청상으로 살다 가신 외할머니 쇄골碎骨 한 줌
청천강에 뿌리거나 외할아버지
산거山居 곁에 묻은 후 호곡하리니

내 집에 갈 수 없는 나라가 어찌 내 나라인가
압록강이건 두만강을 건널 것이니 그리고
자강도 희천시건 동신군이건 가서
외가를 향한 설운 연가 목청껏 부를 것이니

2020년 용인 수지에서

| 차 례 |

제2부 언제 설움 치솟아 검은 땅 드러내는지를

제3부 휴전선, 홀아비바람꽃

제4부 그날 산에서 낡은 군화 한 짝을 보았다

제1부

외할머니, 휴전선 넘지 못하셨나보다

외할머니, 휴전선 넘지 못하셨나보다

외할머니 옛집에 가지 못하고 있다
어머니 친정에 가지 못하고 있다
아버지 오래 홀로이신
장인어른 뵈러 처가에 가지 못하고 있다

자강도 희천시거나 이웃 동신군이면 어때
죽어서도 내 집에 가지 못하고
온몸이 철조망에 긁혀 중음신으로
수천 날, 황천黃泉 이쪽 휴전선 위를 애꿎게 떠돌다
전사자 발굴을 위해
남북 군대가 비무장지대에 뚫은 개구멍
오솔길 따라 북쪽으로 몇 발짝 더
떼어놓으시는 것을 보았다 엊저녁 꿈속이다

어제 출생신고를 한 손으로
오늘 사망신고를 한다 삶과 죽음도 이처럼 가까운데
통일의 시간은 누가 죽였나
어처구니들의 세상, 태극기, 성조기 들고 발광하는

철없는 노인네들에게 묻는다

외할머니 왜 죽어서도 옛집에 가지 못하느냐고
어머니 왜 죽어서도 친정엘 가지 못하느냐고
아버지 왜 죽어서도 처가에 가지 못하느냐고

경의선 평양에서 만포선으로 갈아타고
중강진 쪽으로 더디 오르면 자강도 희천시도
동신군도 있다 적유령 계곡이거나 산등성이거나
고갯마루거나
밥 때 되면 찍찍 타는 생솔가지 연기 자욱할 것이고
외가 곁으로 흐르는 청천강 물살도 분명

세월처럼 빠를 것이다
휴전선 따라 더디 흐르는 임진강 둔덕에서
넋 놓으면
얼어붙어 속으로 찡찡대는 강물이여
칠순 외손자 목메어 묻는다

평안도거나 자강도거나 내 외가 쪽으로
한 걸음 더 뗄 수 없는 이 나라가 과연 나라인가

정말 내 나라인가?

외가를 찾습니다

평안북도 희천군 신풍면 내 외가는
희천천, 청천강 을자乙字로 굽이쳐 흐르고
적유령과 묘향산맥 나란한 곳에서
공립소학교 훈도인 아버지와 엄마가 만나
남남북녀의 짝을 이루었지만
태평양 전함 위에서 어린 미군 장교 둘
쇠자를 대고 주욱 삼팔선을 그을 줄 어찌 알았으랴
키 작은 외할머니 끝내 선線을 넘지 못하고
딸 신행길 따라 잠시 내려온 경상도
생면부지의 처소에 갇혀버릴 줄

몹쓸 전쟁이 낙동강변 학교에 머물자
교장이었던 아버지 산으로 숨으셨다
미군 비행기의 잦은 폭격을 피해
산에서, 방공호에서, 교실 구석에서 흩어졌던
인민군들은
밤이면 고물트럭에 오르거나
긴 행렬을 지어 산 너머 낙동강으로 갔다 그들은

운동장에서나 빨래터에서 만난
동향의 외할머니에게 '오마니 오마니'
두고 온 어머니 생각에 눈물 글썽이던
수줍은 소년병들이었다 파리한 민둥산 머리로
낙동강 물속에 묻혀버렸는지
하얀 모래톱에 빠져버렸는지
영영 돌아오지 않은 소년병들 초롱초롱한 눈망울은
외할머니 가슴에 붙어
오래 슬픈 별이 되었다

딱 부러지는 평안도 성정인 엄마
칠남매 중 미덥지근한 둘째가 마음에 들 리 없었고
내내 애물단지로 바깥을 맴돌던
그런 세월 속에서 어른이 되자 아버지 먼저 가시고
북한 소년병들 맑은 눈망울 주렁주렁
가슴에 매달았던 외할머니, 엄마도 이어 가셨다

고향 뒷산 부모님 유택에 엎드릴 때마다

언젠가 올 통일의 날
흙 한줌 가져다 외가 산등성에나 푸르디푸른
청천강 물에 띄우겠다고 수없이 다짐했던
이 약속 틀린 것일까 늦은 것일까

백과사전에서도 지도에도 없다
자강도 희천시가 동신군에 줘버린 외가 신풍면이
갈가리 찢겨져버렸다
늙은 외할머니 이제 고향집 찾을 수 없다
장인어른, 장모님과 고명딸을 꼭 데려가겠어요
약속한 아버지
불쌍하여라 중음신으로 두 손 허위허위 젓거나
동동 발 안타깝게 구르며
황천 이쪽 망망중천茫茫中天을 떠돌고 있는 걸

꿈에라도 가야한다
먼지 펄펄 날리는 비포장 길이면 어떠랴
산골 면소재지 온통 백발 흩날리는

노인들뿐이면 또 어떠랴
혹시 운 닿으면 아버지 공립소학교 때 가르친
늙은 제자들을 만날지도 몰라
가져간 흙 한줌을 묘향산, 무동산, 두첩산
적유령 산등성에 길게 흩뿌리거나
청천강이건 직동천, 용평천, 아롱천, 고이 풀어
뽀얗게 흘려보낼 수 있다면

외가 이제 아무 데도 없다
석탄열차 쉬엄쉬엄 힘겹게 기어오르던 만포선*
디젤열차로 바뀌었던들 기적소리
예전 그대로일 것을
외할머니 이야기 속 참꽃 푸지게 폈을
외가 뒷동산이거나 영변 갑산이거나
이른 봄 버들개지 손 시리게 물오를 여울
푸른 물 흐름도 분명 예전 그대로일 것을

오오, 죽기 전에 꼭 가야지

동해안 영덕 강구면 삼사해상공원 이북오도민망향탑에*

그리움으로 깊디깊게 각인되어 있는 내 외가!

여보게들 혹시

평안북도 희천군 신풍면을 알고 있으신가?

* 만포선滿浦線: 평북 순천에서 청천강을 따라 만포에 이르며, 만주 지안輯安까지 연결.

* 이북오도민망향탑以北五道民望鄕塔: 삼사해상공원 입구에 망향탑이 있다.

나 어찌 외가에 갈 수 있으랴

나 어찌 외가에 갈 수 있으랴 바다 건너
황해도 개풍, 연백은
손 뻗으면 닿을 듯 엎드려 있고
죽기 전 자강도 희천시 어디메 산골학교 교장 되기는
다 글렀다 강화도 평화전망대엔 평화가 없다

삼별초가 몽고의 침략을 막으면 뭐해
의병들이 산천 곳곳에서 일본놈들의 진군 막으면 뭐해
철조망 두껍게 감싼 임진강
상처투성이 지천地天은 검은 진물만 바다로 흘려보내고
저만치 연백 땅 자욱하던 안개 걷히자
선명하다 저곳, 안타까움만 더할 뿐

외할머니, 까짓 바다쯤 개헤엄으로 건널 수 있어요
그리곤 휘청휘청 걸어 자강도 희천시 내 외가
산골학교 교장이 되면
개마고원 날선 바람 언 가슴 아이들 감싸 안으며
철교 위를 덜커덕거리는 만포선 열차 긴 기적소리 몇 개

귓전에 주워 담기도 하면서
마지막 성근 백발 한줌 푸른 청천강에 띄울 거예요

오늘 평화전망대에 두 발 디디고 섰지만
개풍 땅도 절망이다 연백 땅도 개지랄이다
그래서 나 어찌 외가에 갈 수 있으랴

제적등본을 떼다

남쪽 성주군 고향 면사무소에 가서
북쪽 자강도 외가 갈 통행증으로 쓸
제적등본을 뗐다
외할머니 호적은 평안북도 희천군 신풍면 지동 175번지
자강도가 된 희천시가
동창면과 신풍면을 떼어내 만든
동신군*은 외가 신풍면을 먹어버렸는지
바람에 날려버렸는지 지도에 없다

사범학교를 나와
공립소학교 훈도 발령 초임지인 평안북도 희천에서
무남독녀 어머니를 만났고
남녘 신행길 외롭다 함께하신 외할머니
그 길이 영영 이별길일 줄 어찌 알았으랴
먼 먼 자강도, 홀로 남은 외할아버지 지금 있을 리 없고
외할머니 분골 함께 쌍분으로 모시거나
푸르디푸른 청천강 물에 흩뿌린들
낯선 남녘 거소보다는 나을 것

그리고 머리 희끗한 북한 동무들이랑
외가 마을 앞 푸르디푸른 직동천直同川, 청천강과
백산천白山川 합수머리에서 태공들이 낚은
얼룩반점 쏘가리와 검은 가로줄 무늬 선명할 꺽지
빠가사리, 동사리, 피라미 모두 넣어 장작불 지피면
이내 만포선 더디 오르던 증기기관차 소리로
무쇠솥뚜껑 쉭쉭 뿜어댈 하얀 김
백두산들쭉술이면 어떠랴 적유령, 묘향산 기슭
산머루로 재운 술이면 또 어떠랴
잔 가득 채우고 주거니 받거니
몇 순배에 취한 몸 기울면 오호라 곡할 것이니
외할아버지, 할머니, 엄마 이름 외며
눈물이 차고 넘치도록 곡하리니

외가 갈 통행증으로 쓸 제적등본을 뗐다
두고 보라 나 죽기 전 외가에 간다 행여 더 저물면
북쪽 김정은 동지에게 청할 것이니

동무, 여우도 수구초심이거늘
이 그리움 어찌 저버리실 건가고

간절히 청할 것이니

* 동신군東新郡: 해방 전 평안북도 희천군熙川郡이었으나 1949년 1월 자강도慈江道에 편입. 1952년 12월에 면이 없어지면서 신풍면新豊面, 동창면東倉面, 장동면長洞面의 전체 리里와 동면의 3개 리가 합쳐져 동쪽에 새로 생긴 군이라 하여 동신군이 되었다.

그대 혹시 이런 풍경을 보았는가
—동해 영덕 삼사해상공원 망향탑에서

동짓달 어느 날

영덕군 강구면 삼사해상공원 경북이북오도민망향탑
큰 몸뚱이에 작은 날개를 단 어르신들 걸어 나오신다
펭귄 모습이다
흩날리는 흰 머리칼이 애처롭다, 그 풍경 속에
이십여 년 전 가신 내 엄마도 있다

오늘 물결 잔잔한 날 고향가기 딱 좋아라우!
그렇지요 동무들?
당신들끼리 북한말로 시끄럽더니

탁 트인 동해 일렁이는 물결 그윽이 내려다보며
먼 길 날아가시려는가
젖 먹던 힘까지 모아 일순, 파닥거려보지만
펭귄이다 안쓰럽다

너무 작은 날갯짓으로는 어림없다

몸이 무거운 엄마
평안북도 희천군 신풍면 친정이 너무 멀다 그래서
여태 망향탑 둘레만 맴돌고 있으신가 보다

불쌍하여라
그렁그렁, 빨개진 눈시울 더 크게 떠 엄마 모습
오래 담는다

엄마 아직 여기에 있다

외할머니를 기록하다

전 호적은 평안북도 희천군 신풍면 지동 175번지
1910년 12월 3일
평안북도 희천군 신풍면 지동 35번지에서 생生
중국 땅 남해도에서 탄광 노동자 외할아버지 김창오와
1927년 9월 30일 혼인
평안북도 희천군 신풍면 북동 175번지에 살다

1945년 4월 8일
평안북도 희천으로 초임 발령된
훈도 사위 김을조와 혼례한 딸 김옥연
경상도 신행길 동행한 월남이
외할아버지와 이별길이 될 줄을
경상북도 성주군 선남면 관화동 925번지 일시 거주
성주군 선남면 관화동 934번지 신호적

교장 사위 따라온 세상 다니시며 4남 3녀 외손자
다 키우신 외할머니, 이산가족 재회 방송 때
지금 니 외할비 만나면 무엇하냐고

한사코 뿌리치시더니

1995년 6월 25일 15시 10분
묵주 손에 꼭 쥐신 채
경상북도 칠곡군 왜관읍 255의 96번지에서 몰歿!
천주교 공원묘지에 누우셨다

그래서 외할머니를 기록한다
150센티미터 작은 키에 이름은 이홍춘
귀향길 막은 휴전선 위를 맴돌며
수십 수백만 이산이 아픈 새들의 울음
아아, 그 속에 외할머니 울음 있어
이 밤 또 들을 수밖에

은가락지

해방의 기쁨이 설움이 되었다
청상의 40년을 보태어 여든을 넘기신 외할머니
어둑새벽 꿈에서 깨어나 베갯잇 흥건한 눈물을 닦는다
외손자 노릇 옳게 못 하고
먼 데 남쪽 섬까지 따라와 두 증손녀 키우다
힘에 부쳐 가신 후 분신인 양 두고 간 은가락지
어둑새벽 더듬더듬 꺼내어본다

여든 나이도 중반에 들어 나들이 가듯 세상 떠날 때면
사십 년 뼈 마디마디 녹아든 눈물 내 이루어
먼저 간 사위의 무덤에도 닿아
한의 끈을 풀고 통곡으로 환생할지도 몰라

고향은 평안북도 희천, 무남독녀 외동딸
신행길 따라 내려와 삼팔선이 막혀 오르지 못함!
남 다 비친 이산가족 면회 때도
지금 니 외할아버지 만나 무얼 하겠느냐고
한사코 뿌리치시며 돌아서서는

먼 남쪽 바다를 쳐다보시다 붉은 눈 훔치시더니

평안도 희천이며, 운봉이며, 강계며
만포 지나 자성 지나 중강진이며
압록강을 거슬러 오른 철길가의 개망초
보지 않아도 안다 꽃들도 이미 젖어 있을 것
청천강, 묘향산, 적유산, 강남산맥, 개마고원이
병풍처럼 서 있다 젖어 무너지는 걸 본다

그래도 살아 있을 거야, 니 외할아버지
남 다 자는 밤 뒤뜰에다 정화수 떠놓고
북향단배로 한을 띄우시더니
어디다 묻으실는지 빗 대면 쉬 빠지던 흰 머리칼
곱게 뭉쳐 넣으시면서 촉촉이 눈물 젖던

외할머니 꿈에서 깨어난 꼭두새벽
두고 가신 은가락지 꺼내어보며

손재봉틀 소리

꿈결인 양 딸그락딸그락 손재봉틀소리
백발의 외할머니 밀어 넣는 옥양목
하얀 천에 하얀 실이 박힌다
옷감 밀어 넣으시던 하얀 손이 온통
주름으로 뒤덮이고

이제는 너무 멀어 포기한 것일까
북녘으로 북녘으로만 달리던 저 구름도 어쩌면
개마고원에 걸려 한 많은 소나기로
쏟아질지도 모를 일이다
비 맞은 외손자 온몸 꺼멓게 물들이던 무명저고리
양잿물 비누칠하시다가도 긴 한숨 몰아쉬시던

할머니, 북녘 땅이 바로 저기 있고
경부선 경의선으로 평양에 내려 손재봉틀 실 가듯이
만포선을 기워 올리면
생시로 묘향산 긴 터널을 빠져나와 희천, 운봉
강계로 내 닿으려니

메인 가슴의 눈물은 화석으로 굳어
이젠 그 땅마저 잊으셨는지

아직도 외손녀딸 바지 꿰매시며
줄줄이 엮는 평안도 사투리로 살아 돌리시는
낡은 손재봉틀
오늘 먼 데 밤 밝히는 손자의 귀에까지 닿아
들리나니

구룡강변 영변 약산 땅 한 뙈기

밥 잘 드시라고
성긴 이와 이 사이를 걸친 틀니
지난겨울 뵈니 생니 하나 빠지면서 무너져 내려
완연히 늙으시더니

이제 죽을 몸, 이 필요 없다 새 옷도
필요 없다시며 돌아앉으셔도
손자며느리가 준 만 원 지폐는 고쟁이 속에
꼬깃꼬깃 접어 넣으신다
할머니, 그 돈 북망산 갈 노전이신가요
목이 멘다

마흔 밀자리에
청상과수 되신 연후에 또 마흔 해
외손자 칠남매 잘 거두시고
쓰잘머리 없는 총칼로 북행길 꽉꽉 틀어막은
원수 같은 나랏님, 그놈들, 그놈들
피맺힌 말씀 한 마디 않고

어려운 세상 허우대는 외손자 두 손 꼭 쥐신다
할머니, 이제 빠진 틀니 해드리고 싶은데
필요 없다시며 돌아앉으셔도
손자며느리가 준
만 원 지폐는 꼼꼼히 접어 넣으신다

늦봄이면
진달래 붉게 물드는
구룡강변* 영변 약산
그 땅 한 뙈기 사서 그곳에 묻힐란다

눈시울 주름까지 붉게 붉히시면서

* 구룡강九龍江: 녕변군寧邊郡을 관류, 청천강과 합함. 하류 지역에 김소월의 시에 나오는 영변 약산이 있다.

외할머니 잠 속에서 냅다 달리신다

2002년 10월 13일 일요일 11시
부산 동래 전철역 길 건너
시월 중순의 햇살 따갑고 햇살보다 더 뜨거운 열기 속
북한 소녀가 뛴다 두 주먹 꼭 쥔 채
아시안게임 여자 마라톤을
일등으로 지나가버렸다 이 경이로움
빌딩 공사장 짙은 그늘에 서서 손뼉을 쳤다
이게 무슨 영문인가 불현듯 쏟아지는 눈물
외할머니 잠을 본다

외할머니 잠을 주무신다
격전지가 바로 저기인 낙동강 민족전쟁 기념탑 뒤
십자가 그림자 느릿느릿 봉분 위에 갈앉는
천주교 묘지 한 귀퉁이에 누워
곤한 잠 주무신다
무남독녀 신행길 따라 평안도에서 내려와
경상도에서 길이 끊겼다
청상으로 버틴 45년 고단했던 육신 누이셨다

깨울 수 없다

함봉실, 그녀는 북한 마라톤 선수이다
이홍춘, 그녀는 외할머니다 지금은
외할머니 잠 속이다
경의선으로 한참을 주욱 올라가면 이내 평양
하룻밤 더디 지새고 어둑새벽 서둘러 만포선 타신다
아직까지 외할아버지 보지 못했다

시월 초순의 따가운 햇살에 그을려 까매진
북한 소녀가 뛴다
일등으로 냅다 달려간다
외할머니도 여느 때처럼 잠 속에서 냅다 달려가신다

엊저녁 뵌 외할머니

외할머니 좁은 골목 끝에 앉아 계신다

온통 쉰 머리, 자그마한 몸
큰 소리로 불러야 힘겹게 열리던 흐린 눈으로
손에 묵주 모아 쥐신 채 천주교 공원묘소로
거처를 옮기셨다
잡풀들뿐인 외할머니 집

아직도 책상 위에서 외증손녀 업고 계신다
철 덜 든 서른 살 외손자 따라나선 섬 학교 사택
외할머니 총총 걸음하신다
아침나절 드린 담배 싸구려로 바꾸시더니
죄진 듯 긴 바닷길 총총총 되가신다
바닷가 구멍가게 살평상에서 나
4학년 김 선생과 독한 소주로 몸 기울고

평양까지 몇 마장이었던가
도라산역에 길게 깔아놓은 위성사진 속

눈물로 가물거리던 먼 외가 풍경 새까맣다
석탄길 뚜렷한 자강도 희천시다
외할머니 작은 몸
훨훨 잠자리 날개로 나신 지 오래

외동딸 신행길 왜 오셨나 이내 길 끊기고
청상과수 한으로 삯바느질하시던 산골 동네
미나리꽝은 밤새워 개구리소리
마을도 인제 댐 속이다
한 뜸 한 뜸 눈물의 바늘 길 내시며 달달달
앉은뱅이 재봉틀소리 이 밤 또 들린다

언제 철들까 늙어버린 외손자
꿈속 흐린 눈 바늘귀 꿰어 베갯잇 깁는다

외할머니의 집

외할머니 집
봉분 위로 불쑥 돋아난 아카시나무를
막냇동생이 톱으로 자른 며칠 후
붓에 제초제 발라 살살 문지르다
아카시나무로 불쑥 돋아나는 눈물
도라산역 위성사진이 가리킨 자강도 희천시
또 보인다, 청천강 합수머리 까만 마을들
오오, 외할머니 5척 작은 몸
어쩌면 고향 쪽으로 돌아누워 계실지도 모를
조그만 외할머니 집

오늘 자강도 희천 간다

자강도 희천시
외할머니, 어머니 이어 세상 뜨시고 더 오래전
아버지 세상 뜨셨다
외가 찾을 수 있을까 자강도 희천이여
외할머니도 어머니도 남기지 않은 외갓집 주소 찾으러
아버지 첫 발령 소학교 학적이라도 뒤져야하나

오늘 자강도 희천 간다
혹 외할머니 살붙이 있어 다 쇠어빠진
허연 머리를 쓰다듬으며
이게 누구 새끼지 많이 컸구나 많이 컸구나

댐이 묻어버릴지도 모른다 만포선 느릿느릿한 갈탄열차면 어떠랴 꺼멍 흙먼지 날리는 광산 길이면 어떠랴 합수한 희천강,* 청천강물 얼어 깨지는 소리 쩡쩡거리면 어떠랴 적유령, 묘향산맥 쌓인 눈 속이면 어떠랴 개마고원 칼바람에 볼을 베인들 어떠랴 문고리 손 쩍쩍 들붙는 동토면 어떠랴, 어떠랴

더 변하기 전에 중중모리로 간다

눈 덜 희미할 때

꿈속의 외가, 먼 자강도 희천엘 가야겠다

* 희천강熙川江: 희천시에서 청천강에 합수됨.

어머니 이 어둑새벽에

아직 휴전선 넘지 못하셨나보다
진창길인 듯 가시덤불 길인 듯
습진 휴전선 엉긴 가시덤불 속에서 손 휘휘 저으시며
어머니 내게 오셨다
어둑새벽 베갯잇 흥건히 적신 어머니의 눈물
귓불 시리다

어머니 분명 휴전선 넘지 못하셨나보다
더 높고 겹겹인 남방한계선
앳된 병사들 어깨 위 그늘 지우는 키 작은 나무들
작은 산새로 호록호록 옮겨 다닐 뿐
작은 날개로 철조망 넘을 수 없다

어머니 이름 석 자 너무 뚜렷해 가슴 에이던
영덕 강구 해상공원 망향탑 위
갈매기 되어
자강도 희천군 신풍면 고향땅 가는
날갯짓 너무 힘 부쳐

끼룩끼룩 울부짖으며 맴돌고 있을지도
이 어둑새벽 나를 흔들어 깨우셨을지도
모를 일이다
불쌍한 내 어머니

아직 휴전선 넘지 못하셨나보다
진창길인 듯 가시덤불 길인 듯 어둑새벽
휘휘 손 저으시는 모습 너무 선하다

제2부

언제 설움 치솟아 검은 땅 드러내는지를

언제 설움 치솟아 검은 땅 드러내는지를

마음을 한 곳에 모아 쌓인 눈을 쳐다보라
언제 설움 치솟아
검은 땅 드러내는지를

봄비 내린다고

봄비 내린다고 봄 아니다
찰랑대지 마라 삼월 되었다고 봄 아니다
춘삼월에 얼어 죽는다는 옛말 있듯이
선불리 핀 어린 꽃 수시로 뚝뚝 꺾는
저기 저 숨어 있는 날선 발톱들!
여태껏 속아온 세월의
친구야, 꽃샘추위 있음을 벌써 잊었니?

이 화창한 봄날에

어디서 살다왔을까 양지쪽 벽에 점. 점. 점……
노란 점으로 수놓은 무당벌레 무리들
유리창을 기어오른다
잔인한 이슬람 용병*들에 몰린
중동지방 난민들, 닫힌 유럽의 장벽 기어오르듯
사생결단의 겨울나기다
빗자루로 한없이 쓸어내는 얼어붙은 아침의 장례식

화창한 봄날
누가 살아 풀숲으로 돌아갈 것인지

* 이슬람 용병傭兵: IS–Islamic State, 수니파 이슬람 극단주의 무장단체로 이라크, 시리아 일부를 점령, 극악한 행위로 세계의 지탄을 받고 있다.

개망초

가까운 해변으로 간첩이 침투했다
마을은 온통 향토예비군 군홧발소리 분주하고
교감선생님 불러주시는 암호 몇 개
손바닥에 대충 적은 후 학교 숙직실로 돌아왔다

지독하게 가난했던 나는 학교 숙직실이 거처였다
여름밤의 더딘 초저녁을 건너기 위해
고물 풍금 건반 힘겹게 눌러보지만
양철지붕을 따따따따 난타하는 빗소리
개망초꽃 흐드러지게 폈을 학교 공터 수음지樹陰地
철, 철, 철, 넘치는 물소리에도 이내 묻혀버렸다
밤 깊어 하얀 번개 펙펙 유리창에 내리꽂히자
개망초꽃 무더기로 하얘진 산골학교 숙직실 창문엔
머리카락 길게 풀어 내린 더 하얀 얼굴의
여인네가 비치곤 했다 소스라치는 여름밤이었다
그리곤 아무 일도 없었다
여느 때처럼 아침이었다

벌써 사십 년을 넘겼다
젊은 한때의 가난을 뉘었던 학교는 없고
개망초 우거져 지천에 차린 희디흰 꽃다발 사이로
망가진 시절인가 겨우 남은 숙직실 잔해
문득 펴보는 손바닥엔
굳은살로 박인 희미한 암호 자국들
산골마을을 온통 시끄럽게 했던 무장간첩은,
숙직실 창문 기웃대며 생시이듯 여름밤을 진저리쳤던
입술 붉은 그 여인은

그해 비 오던 여름날의 산골 학교 지나
여전히 개망초꽃 흐드러진 손금 같은 길 따라
동해로 나오는 길, 저만치 보이는 바다 가장자리로
언뜻, 미치고 환장하던 젊은 날이
언제 네 것이었냐는 듯 뒤돌아보지도 않고
스르르 잠겨 숨지는 것을 보면서

왜관 낙동강 다리에서

낙동강 전투라고 이름 지은
1950년 여름부터 가을까지의 마흔 날을
어떻게 나타내야 하리 느리게 흐르는 강물에다
선을 긋고는 강 이쪽저쪽에서
지휘봉 또는 손가락으로 또한 이쪽저쪽 가리키며
'귀관들이여 전진 아니면 죽음!'이라고
근육질의 핏대 퍼렇게 세우고 고함쳐대던 사람들
과연 누구였나

왜관 낙동강 인도교 위에 서면
보실 것이다
'We are soldiers. stand or die!'
뱉어낸 명령어 한 마디
아직도 느린 강물 위를 둥둥 떠다니는 것을

강둑 여기저기 쓰러져 널브러진 영혼들
느리게 아주 느리게 들꽃으로 일어나는 것을

삼일절 첫새벽 태극기를 달며

흐린 삼일절 첫새벽
애국가 입 속 가득 우물거리며 태극기를 달았다
생각났을 때 해야지 속옷 차림이다
얕은 어둠 마당을 떠날 채비고

베트남전 참호 속 동틀 무렵
멀리서 국기게양식 나팔소리 눈물 글썽이던
푸른 시절 한때의 기분이다
출근길 학교 들어서며 가슴 위에 잠시 손 얹던
만년晩年의 기분이다 그러나
찬물 한 사발 거실에서 벌컥벌컥 들이키면
뱃속에서 비비꼬이는 냉기, 신파조의 기분
참 더럽다

1919년 삼월 지천에 태극기 흩날렸다
태극기들 결국 공동묘지로 갔다
조센징 토벌에 미친 일본 만주군
나는 목숨을 바쳐 사쿠라와 같이 훌륭하게 죽겠습니다

용맹한 선봉대장 이름 말할 수 없다
친일군관들 많이 묻혔다는
오늘 아침뉴스 화면 가득한 국립묘지
성은은 영원하다 '덴노 헤이까 반사이'*
자랑스러운 작위爵位 아직 튼튼한
'나이센 이따이',* 참 좋은 내 나라가

그래서 아프다 희뿌옇게 동터오는 삼일절 첫새벽
애국가 나직이 읊조리며
산골집 처마 밑에 내 나라 국기
정말 달아야 하나 철면피하다

* 국립묘지에는 애국지사와 함께 친일부역자들이 많이 묻혀 있다.
* 덴노 헤이까 반사이: 천황폐하 만세.
* 나이센 이따이: 내선일체內鮮一體, 일본과 조선은 한 몸이라는 조선 통치 정책.

꿀꿀이죽

성당 뾰족 종탑 저만치 보이는
미군부대 후문에 긴 줄 하나 생겼다 이른 아침
잘생긴 하우스보이는 코리안, 흰 가운 입고
큰 국자로 드럼통 휘휘 저어
양은냄비 가득 채워주던 꿀꿀이죽, 구수한 냄새
엄마 옷에 묻어 집까지 따라왔다

성당 종소리 주린 뱃속 컹컹컹 울리던 한낮
마른버짐 위에 온통 디디티* 가루
하얀 꽃밭이던가 동무들 까까중머리
참 처절한 풍경
고깃덩어리 씹힌다고 배시시 웃던 착한 동생
요상한 죽 맛 여태껏 입 속에 있다

그래, 그게 아메리카의 마지막 향수였다
장갑차 캐터필러에 뭉개진 여중학생 둘*
작은 불빛 되어 만든 저 수천수만 개 별들
메스꺼움이다 아메리카여

정이월 찬바람 속 이 구토를
구토 따라 확 스치는 꿀꿀이죽 맛의 기억은

메스꺼움이었다 아직도 언 손 비비며
이승, 저승에다 찢긴 몸 걸치고 떨며 서 있는
어린 중음신 둘 보인다
미선아
자꾸 불러본다 효순아

* DDT: 농작물 병충해 방재용이었으나 곤충에 축적, 먹이사슬에 심각한 영향을 주어 1972년 이후 사용을 제한한 맹독성 농약.
* 2002년 6월 13일 경기도 양주 광적면 조양중학교 2학년 신효순, 심미선이 제56호 도로 갓길을 걷다 미군 제2사단 부교 운반용 장갑차에 깔려 현장에서 숨짐.

룡천소학교

차라리 산골이었으면 좋았을 걸
강남산맥 끝자락 손바닥만 한 소읍 룡천
역사驛舍 폭발로 치솟은 불기둥 어찌됐을까

움푹 파인 철길 건너 룡천소학교
올망졸망 아이들 소리 한창일 시간
이런 걸 날벼락이라고 하는가
학교는
설익은 어린 손으로 만들다 짓뭉개버린
찰흙 소조였다

먼 병상에서 날아온 사진을 본다
붕대로 눈을 칭칭 둘러맨 외가 아이들은
걸을 수도 없다 타버린 아랫도리로는 인제
돌아가 공부할 방 한 칸 없다

나 룡천으로 가야겠다 가서 와락 보듬어야겠다
경의선 따라 사리원, 평양, 정주 지나 한나절 길

무너진 황토운동장, 서거나 쪼그리고 앉아 넋을 놓을

온통 흙투성이뿐일 내 제자들을
온통 흙투성이뿐일 내 외가 새끼들을

* 룡천역 폭발사고: 2004. 04. 22. 평안북도 룡천역 폭발사고로 154명이 사망, 1,350명이 부상, 철길 옆 룡천소학교가 완전히 파괴되어 어린이 76명이 사망하였다. 세계보건기구는 어린이 370여 명이 실명, 언어 능력을 잃을 것이라고 함.

이제 시는 무기가 아니다

언제 시가 있었던가 그대들 단정해버린
잃어버린 십 년의 잠 속 어디 시가 있었던가
그새 세상을 점령한
난수표의 독법을 알 수 없듯

시는 궁핍한 시대의 밥이었다
시는 억눌리던 시대의 희망이었다 날 선 무기였다
노래되어 가슴을 거쳐 목울대를 차오르던
희망의 노래였다

김민기의 아침이슬을 꺼낸다
김원중의 직녀에게를 꺼낸다
꽃다지의 바위처럼도 꺼낸다
노찾사의 잠들지 않는 남도도 꺼낸다
안치환의 광야에서도 꺼낸다
이선희의 오월의 햇살도 꺼낸다
이연실의 노랑민들레를 꺼낸다
정태춘의 떠나는 자들의 서울을 꺼낸다

그날이오면그대를위하여끝나지않은노래동지를위하여마른잎다시살아나백두에서한라한라에서백두로빼앗긴들에도봄은오는가솔아솔아푸르른솔아임을위한행진곡저평등의땅에청산이소리쳐부르거든함께가자우리이길을
탄알 일발 장전한 노래들을 그대 아는가
나지막한 뒷산에서 목젖 가늠자로 정조준했지만

시인은 숲으로 가지 못한다*
긴 잠에서 겨우 깨어나 후들거리는 아랫도리처럼
시는 이미 발광의 난수표, 점령군들만의
간교한 독법
어찌 이길 수 있을까

한때 희망이었던 노래들은 어디에도 가닿지 못한다
내려놓아라
이제 시는 무기가 아니다

* 시인은 숲으로 가지 못한다: 도정일 교수의 산문 중에서 따옴.

베트남 시인 레지투어에게

'그대 계속해서 가라 그러면 어디건 도달한다.'
세종문화예술회관에서
한때 적군이었던 '레지투어'* 동갑내기 당신 손잡으며
스무 살의 베트남 닌호아읍[邑], 포로로 잡혀온
깡마른 체구의 당신 동료들 보면서
한주먹거리밖에 안 되는 것들, 주먹 추켜세우며
엿 먹이던 일을 제일 먼저 생각하다니

전쟁은 뒷전, 한 통의 시레이션과*
비 오는 날 초소 앞을 자전거로 지나가는 여중학생들
젖은 옷 속으로 드러난 하얀 살갗들
캄란만[灣] 수진마을에서 당신 나라 여인네를
일 달러 지폐로 거래하는 사이 그대는

호치민루트를 맨발로 걷고 있었다
쌀을 빻는 듯한 폭발음 뇌까지 쑤셔오거나
들이부은 고엽제 위로 벙커시유 검은 비 쏟아져
'지구 혼돈의 날도 이렇지는 않았으리라.

마을은 풀벌레 울음조차 멎은 완전히 영혼을 잃어버린
폐허의 세계'
황천 저쪽 풍경에 넋 놓고 있을 줄

통일 베트남 시인 레지투어여 부끄럽다
용병국가 코리아는 아직도 분단 중
고엽제 온몸에 진드기처럼 붙어 잠 이룰 수 없고
'가족, 친구들 사랑하는 사람들을 잊고 살아온 날들과
인간의 삶에서 받았던 그 아름다운 정감들을
모두 잊으면서까지'
당신이 그려낸 황천 이쪽 풍경에 매달려 있다
그렁그렁 눈물 몇 개 매단 채

'그대 계속해서 가라 그러면 어디건 도달한다.'

* 레지투어: 베트남의 시인, 소설가, 장편소설 『그대, 아직 살아 있다면』이 한국 실천문학사에서 번역 출간됨.
* 시레이션: C-ration, 미군 전투식량.

연두색 나뭇잎에 대한 단상

완도의 끝 섬 노화도蘆花島에 닿았다
지천은 빗줄기, 긴 논둑길서 엉겨 붙은 황토며
신혼인 베트남 전우 박 형이 내어준 낯익은 예비군복
처절했던 먼 남국의 전장
보병 제9사단 하얀 말 한 마리 앞발 세우고

낙숫물 퉁기는 주막 툇마루에 걸터앉았다
놋사발 콸콸콸 쏟아지는 막걸리와 마당 텃밭서 뽑은
풋마늘 연두색 줄기 뿌리부터 씹는다
온통 쏴하게 아려오는 가슴
소나기가 만든 물보라와 몸 섞으며
우수수 떨어지는 연두색 미루나무 잎을 본다
먼 베트남 정글이다
판초우의 씌운 참호 위로 쏟아지던 굵은 빗줄기
한낮에도 귀신 울음 습지에 내린다던 계곡이며 능선이며
한기 속 새벽을 비집고 들던 잠, 비 그치자
눈앞 가지마다 삐죽삐죽 밀어내던
연두색 나뭇잎에 내려앉은 달빛의 황홀함

이른 아침 눈을 떴다 신방 윗목엔
언제 비 왔느냐 말끔히 다림질한 황토 엉망이던 옷
하늘은 해장국거리 콩나물보다 더 노란햇살을
새색시 등으로 무수히 떨구던

섬을 떠나왔다 하마 서른 해가 지났다
어쩌다 한 번씩 만나 세상사 별것 아니야 술잔 쳐들면서
서로의 등을 다독였지만
전우여, 여태 돌아오지 못하는 동무들 있다 그 숲에 머물며
연두색 나뭇잎으로 달빛에 반짝이거나
예전 젊음 그대로인 채 웅웅웅 숲을 떠돌거나
연두색은 창조가 아니라 종말이라고 미친 듯 되뇌거나

시계

아버지 힘겹게 팔을 올리셨다 시계는
깡마른 팔목 지나 팔꿈치에 걸렸다 시계는
그놈 올 때인데 올 때인데 시계는
아버지, 깊은 잠 속으로 데려갔다 시계는
지금 내 손목에 살아 있다

누군가의 마지막을 보았는가
낮술 취한 이웃 도시에 내리던 저녁노을
또 다른 도시의 단칸 셋방에 내리던 어둑살
그리고 먼 고향집은 짙은 어둠뿐
황망하여라 아버지 바삐 가신
작은집 문간 짙은 어둠 잔잔히 흔들던
작은 조등 하나

조등 하나, 아직도 또렷하다
한동안 도회, 낮술 속에 빠져 있었다 시계는
아직도 도회, 낮술 속에 빠져 있다 시계는
손목에서 쉴 새 없이 재깍대며

내 생애를 질기게 보듬고 있다 아버지

봉두국민학교

그곳을 지날 때마다 풍덩 빠지고 싶었다
진종일 운동장 바위 위에 걸터앉아 돌구슬 갈고
아마 지금쯤 동무들과 꿀밤 따먹기
돌구슬에 갈색 꿀밤들 온통 사방으로 튕기면
동네보다 산그늘 먼저 내려
지천地天은 흑갈색 어둠

검정 콜타르 칠한 송판때기 덕지덕지 붙은
교실 바깥벽이며 때론
동리 어른들 올망졸망 앉아 '가갸거겨'
1학년 우리들처럼 따라 외던 교실 앞 길게 드리운
누런 똥종이에 '아는 것이 힘, 배워야 산다'고?
빌어먹을 배워봤자 말짱 헛것뿐

면소 가는 길
성황당 홰나무 가지마다 청홍 비단자락 한 되어 날리고
국군과 서북청년단이
마을 어른들에게 구덩이를 파게하곤

생매장시켰다는 돌무덤이 무섭다
까만 알 잔뜩 실은 가재 득시글거리던 산 개울
잽싸게 건너뛰어 내달리면
숨이 턱을 넘어 하늘까지 닿던 교장 사택
교장선생님은 채 서른도 안 된 아버지
졸인 피라미 안주하여 막걸리잔 기울이시던
키 작은 후리실* 박 선생님 여태 살아 계실까

흐드러지던 땅버들 연둣빛 이파리도
이내 산그늘 속
봉두국민학교* 저 속에 있어 눈물겹다 성주댐은
저녁답 지는 햇살 퉁겨
멀리까지 반짝반짝 아무 일 없었듯 일렁이겠지

그곳을 지날 때마다 풍덩 빠지고 싶었다

* 후리실: 경북 성주군 금수면 후평리의 토속 명. 성주댐 곁에 있음.
* 봉두국민학교: 성주군 금수면 봉두리에 위치하였으나 성주댐에 수몰됨.

미국 막소주 한 병

못난 자식 아버지 속 홀라당 뒤집고
베트남 전쟁터에서 돌아올 때 더블백에 넣어온
싸구려 미국 막소주 짐빔* 두 병을

이 술 좋다 좋다고 몇날며칠을
더 작은 잔에 더 조금씩 더 여러 번 따르셨다고
아버지 먼 데 가신 오랜 후에 들었다
볼때기가 화끈거렸다

다음 아버지 산소 가는 날
병뚜껑 활짝 연 그 술 한 병 두고 와야겠다
아버지 또래 친구들 모여 달빛 환한 밤
작은 잔 서로 주거니 받거니
미국 막소주 따르면서 박장대소하는 모습을

꿈속에서 미리 볼 수 있을까

* 짐빔JimBeam: 베트남전쟁 당시 가장 쌌던 미국산 양주 이름.

아버지는 그때 다 헤진 구두를

'참 질기게 비 오는군!' 늙은 행인 두엇
비를 피해 한 뼘 처마 밑 옷깃 세우고 물끄러미
하늘 쳐다보고 있다
담배연기 매캐하게 찻집 바닥에 깔리고

중년 여인 하나 턱 괴고 창에 매달려 있다
커피 한 잔 사달라는 말 끝내 못 하고
이쯤이면 어디
산자락 하나 무너져 내리겠다고 혼잣말이다
창틀에 기대서서 더 쓸쓸한 풍경

아버지 지금쯤 새 구두 신고 있을까
비 내려 으스스한 어느 가을날 처제 결혼식
전라도 남쪽 작은 읍내
한 뼘 슬레이트 지붕 처마 아래 서 있던 아버지
다 헤진 구두만 눈에 들어왔다
다 헤진 구두만 자꾸 눈에 들어왔다
가시는 길, 버스 차창 밖으로 내다보시던

그 눈빛 잊을 수 없다 버스 차창 밖으로 내다보시던
그 눈빛 잊을 수 없다

오래지 않아 생애 접으시고
새 구두 하나 사드리지 못했다

처마 밑 행인들 그대로이다 진종일 비 내릴 듯
'아가씨 여기 커피 한 잔, 자네도 한 잔'
점점 굵어지는 빗줄기 너머
중년 여인 어깨 너머 지붕 처마 아래
빗물 잠겨 질퍽덕거렸을 낡은 구두

아버지, 가난했던 당신 생애 오래 쳐다본다

풍금소리

깜깜한 교실
창틈 새로 겨우 기어든 달빛 한 줄기
아버지 풍금 치신다
'엄마가 섬 그늘에 굴 따러 가면' 형제들 노랫소리
운동장에 낮게 깔리다 이내 어둠에 묻히고

스물한 살 나이에 선생이 되었다
밤이면 적막이던 산골학교, 깜깜한 적막 속으로
풍금소리를 날렸다 손때 까맣던 숙직실의
풍금 교본이며 깨진 뚜껑 낡은 건반 위
여섯 손가락이 만들어 낸 화음은
설익은 수수밭 지나 산골짝을 헤집고
경찰지서 뒷골목 끝 막걸릿집 열아홉 살 어린 색시
빨간 볼우물 간질기도 했을 것이다
'철새 따라 찾아온 총각선생님'
풍금소리 따라 목청 돋우던 유행가는
우리들 젊음이었다

풍금소리 사라진 지 오래다
아침공부 열기 식히던 상급반 교실
조율 잘된 풍금이 만들어낸 환장하던 화음반주
언니들 곧잘 따라 부르던 이부합창도
이제 학교에 없다

젊은 선생님들 컴퓨터 자판만 두드리고
텔레비전이 혼자 음표를 그려대는
음악시간, 온통 소음뿐인 삭막한 학교 풍경 속

풍금소리
오오, 미치도록 그리운 아버지

누가 그 마른 등짝을

그해 음력 선달 그믐날, 대설주의보
김천역에서 내렸다 시골행 버스는 모두 멈춰서고
외할머니 동생들 함께 휘몰아치는 눈발 속을
볼이 빨갛도록 걸어 집에 닿았다
무쇠 솥뚜껑 솥젓 아래 장작불 찍찍 타고
지글지글 돼지기름에다 부침개 구우시는 어머니
예닐곱 시간 족히 넘는 길이 어디 쉬웠으랴
어린 동생들 피곤해 빠져버린 초저녁 잠 덮으며
멈추려 들지 않던 눈발들

아버지 등록금 꾸러 산등성 마을에 가셨다
교장선생님 이 그믐날 웬일이냐는 동리 어른 몇과
사랑채에 앉아 하실 말씀 차마 접으신 채
술도가 눈 피해 구들방에서
뽀글뽀글 익어 막 거른 뽀얀 막걸리 연신 들이키면서
눈이 그쳐야 집에 갈 텐데, 갈 텐데 하시면서

산도 들도 온 지천 눈 덮인 밤 대처에서

설 쇠러 돌아오는 사람 드문드문 보였다 사라지고
흐린 날 한낮에도 머리칼 곤두서던
공동묘지 길게 이어진 길모퉁이에서
아버지 떠밀리셨다 뒤돌아봐도 온 지천 덮인 눈에
봉분을 가로지른 전봇대들만 까맣고
정신 차려야지 언 손으로 담배 피워 물었지만
흔들리는 길은 길이 아니었다 아버지
땅이 검은 뼈를 드러내도록 또 떠밀리셨다
재촉해도 제자리였을 걸음으로 겨우 두 마장 길
집에 도착한 새벽 그리고 먼동 희부연 음력설 아침

그 그믐날 긴 밤을 잊지 못한다
생애의 산등성 오르면서 힘겨웠던 어릴 적 그믐밤에
교장 체면 따위는 아랑곳 않고
산등성 마을로 자식 등록금 꾸러 가신 아버지
마른 등짝 잊을 수 없다

그날 밤, 누가 아버지 마른 등짝을 떠밀었을까

데운 막걸리를 마시며

아버지 심부름으로 주막에 갔다
찢은 시멘트포대 돌돌 틀어막은 병마개
주모가 건네준 막걸리 그득한 소주 됫병
차건 밤, 쌓인 눈 똑똑 꺾어지는 솔가쟁이 소리
소름끼친다 정신없이 집으로 왔다
막걸리 주전자에 넣고 데우신다 아버지
거품들 자글자글 뚜껑 타고 흐르면
야야 고생했다 맛만 보거라 어린 나에게도 한 잔
머리 꼭대기 확 치밀던 어지럼

그 막걸리 오십 년 만에 데워 마신다
덜 끝난 꽃샘추위 소나무 갈비 끌어다가
갓 심은 어린 묘목들 잘 살아라 뿌리 감싸고
출출한 배로 방에 들어와
엊그제 술도가에서 사온 냉장고 속 막걸리가
차다 어느 눈 내린 날 아버지처럼
양은냄비에 펄펄 데워 잔에 부었다
언제 오셨나 앞자리 하신 아버지께 한 잔 올리고

아버지보다 제가 더 늙었네요
체면 없이 치미는 눈물 참을 수 없어

통곡이다 젊은 나이에 바삐 가신 아버지
생업이셨을 학교에서 한 사십 년 지냈다
오늘 밤 예전처럼 데운 막걸리 대작하며
다시 머리 위로 확 솟구치는 취기
등신같이 엎드려 울었다
깡마른 등허리 휑하게 오셨던 길 되가셨을
우리 아버지

야야 고생했다 맛만 보거라 어린 나에게도 한 잔
데운 막걸리 달짝지근하게
이 밤, 아버지 깊은 사랑으로 돌아올 줄을

제3부

휴전선, 홀아비바람꽃

애기에게

오랑캐에게 잡혀간 그리운 님 평양감사는 소식 없고
그리움이 죽을병일 줄 어찌 알았으랴
애기愛妓*는 높새바람 부는 쑥갓머리 산정에서
임 계신 북쪽 마을을 쳐다보며 운다
무심하다 황해도 개풍 땅, 산 따라 낮게 흐르는 구름
눈시울 축축한 채로 죽었다 슬픈 일이다

슬픈 일이다 아직도 평양감사는 오지 않고
북쪽 식솔들의 기약 없는 안부며
긴 세월, 드디어 죽을병이 된 수십 수만의 애기들은
황해도 개풍이거나 송악산이거나
망향의 눈물 솟구쳐 흐느끼나니
개풍 땅 낮은 산 따라 흐르는 구름만 무심할 줄을

한강과 임진강이 만나 서해로 흐르듯
남북도 만나 물길 되어 흐르면 어떠랴
회오리 맴도는 소沼도 만들고 그렁그렁 울부짖는
폭포도 만들고

애기여, 경기도 김포시 하성면 쑥갓머리산 꼭대기
건너 뵈는 개풍 땅 암실마을 너무 가깝다
저쯤 어디서 애기야 나직이 부르며
평양감사 환생하여 성큼성큼 다가온다면
그대 무덤에서 일어나 안길 수 있겠느냐 수의 훌훌 털고

바다 건너 황해도 개풍, 낮은 산 따라 흐르는 구름처럼
뭉글뭉글 유심히 흘러갈 수 있겠느냐

* 평양감사가 가장 사랑하던 애첩 '애기愛妓'와 함께 병자호란이 일어나 한양으로 오다 감사만 개풍에서 오랑캐들에게 잡혀 생이별을 한 후 애기 혼자 강화도 쑥갓머리산에서 애타게 기다리다 죽으면서 산정에 묻어 달라는 유언을 했다는 전설이 있다.

겨울산수화, 저 송악산

왜 저토록 높이 매달았을까
정월 열나흘 눈바람 언 볼을 핥는다
갈탄불 지피고 있을까 군사분계선 너머
바둑판처럼 딱딱한 기정동* 아파트 너무 춥고
눈 덮인 덕문산, 천마산
송악산까지 그려진 겨울산수화
건드리면 부러질 듯 붉은 인공기 너무 차다

도라산전망대,* 망원경을 껴안고 흐느끼던
황해도 할아버지 하나 금세 무너진다

* 기정동: 비무장지대 북쪽 구역 안에 있는 북한 마을 이름.
* 도라산전망대: 고려에 귀부歸附한 신라 마지막 왕인 경순왕이 서라벌 쪽을 돌아보며 울었다는 전설이 있는 도라산에 설치된 전망대.

도라산역에서

경순왕이 서라벌 쪽을 돌아다보며 울었다던가
도라산역, 머리칼 하얀 노인 곁에 붙어 서서
손가락으로 주욱 그으면 모두 철조망
평양까지 고작 205킬로미터일 뿐

할아버지, 온 산천을 모두 담으려는 듯
북쪽만 바라보다 쪼그린 채 허기를 때운다 목메는지
눈물 훔친다 하염없이 날리는 은빛 머리칼 위로
고추잠자리 떠다닌다 철조망과 수평으로
전투헬기 잽싸게 지나간다 이 을씨년스러움

도라산역사에는 내 외가가 갇혀 있다 외가는
자강도 희천시, 인공위성이 찍은 생소한 풍경들
높은 산이며
깊은 계곡 굽이쳐 흐르는 세찬 물길과
계단식 논밭 모퉁이 구불구불 뚫린 검은 길 하며
깊은 골짜기 돌아 읍내 나들이 하셨을
외할머니

할머니, 나직이 불러보지만
오마니, 나직이 불러보지만

인제 외할머니도 어머니도 없다
희천읍 주막거리, 첫 훈도되어 하숙하셨다던
아버지도 없다
여기서 평양까지는 겨우 205킬로미터
사방 철조망 도라산역만 있을 뿐
오오, 은빛 머리칼 여든 살 노인
저기 몇 마장 고향 황해도 쪽으로 꼿꼿이 서서
울고 있을 뿐

* 훈도訓導: 일제강점기의 교사 호칭.

태풍전망대

전망대 어디도 태풍은 없다
한양에서 백여 리 비끼산 수리봉은 여름 땡볕들
양념인가 한 가닥 실바람 불다
라디오는 남쪽 먼 바다에서 소멸한 태풍이야기
비무장지대는 적막 중
열중쉬어한 늙은 왕버들 몇 그루 비스듬하다
글쎄, 촬영금지 팻말 배경으로 셔터를 누르는 부부 예닐곱
망원경에 매달린 어린아이 대여섯
해맑은 얼굴의 민정경찰 하나 긴 안내봉案內棒에 턱 괴고

* 태풍전망대颱風展望臺: 육군 태풍부대(제28사단) 전망대로 강원도 연천군 남방한계선 철책선인 비끼산 수리봉에 설치.

금파리성에서 만난 궁예왕

네가 임진강에 루어낚시 던지거나
거두기를 되풀이할 때
나는 금파리성터* 십일월 얇은 양지쪽 등대고 앉아
세월도 저와 같을까
부하 왕건에게 쫓겨 강둑에서 헐떡이는 늙은 궁예임금
초라한 이마 주름 누가 그었나
일렁이는 임진강 빠른 물살 거칠게 만드는 물수제비들
네가 매운탕거리도 안 되는 어린 꺽지 길어 올리고
나는 미지근한 종이팩 소주 나발 불며

닭다리를 찢었다 금파리성터는
저 위 군사보호지역 안, 한탄강이 임진강을 만나고
또한 한강 되어 제 이름 잊고 흐를 것
역사는 갇히거나 때론 잊히거나
저 강물처럼 제정신 아니다 안개 속 흐려지거나
흐르다 루어피싱 낯선 외래어에 꿰어져
파닥이는 새끼 꺽지처럼
네가 임진강에 루어낚시 휙 던지거나

거두기 되풀이 할 때
나는 금파리성터 십일월 얕은 양지쪽 등대고 앉아
닭다리를 찢었다 미지근한 종이팩 소주

나발 불며, 부하 왕건에게 몰려
이럴까 저럴까 금파리성 까마득한 낭떠러지 서성였을
저물녘, 사내 궁예의 착한 역사를 본다

* 금파리金坡里 성터: 경기도 파주군 파평면 금파리의 옛 성터. 태봉국 궁예왕이 철원에서 피신해 거주하면서 쌓은 토성이며 길이 1,500m 높이 6m였으나 모두 멸실됨.

임진나루

한 서린 육자배기 절로 나올 만도 하지
여기서 배 타고 건너면 이내 개성이랬지
두포리, 하포리, 동파리, 장파리 요상한 이름의 마을들
일번국도 임진나루* 포구에 고깃배 몇 척 일렁이고
율곡선생이 제자들과 시문 적던 화석정 너머
서남쪽으로 도란도란 흐르는 저 강물
누가 죄다 막았는가 흔하던
참게, 장어, 황복도 이내 사라질 이 저녁나절
불임의 임진강은

한양 버리고 북으로 도망치던 나라님 초라한 등 뒤로
임진년 어둔 밤 굵은 비 내리고
당신께서 백성을 버리시면 누굴 믿고 살란 말입니까
분명 처우凄雨에 묻혔을 백성들의 호곡號哭 소리 쟁쟁하다
누가 슬픈 원혼들의 눈물
거두어줄 것인가

개울 건너 반짝이는 갈대이파리들과

강 언저리 얕은 물속 위태위태 외다리로 흔들리는
왜가리 몇 마리, 때론 가마우지와 원앙들
저들끼리 푸드득, 저 뒤쪽은
상처인 양 버려진 녹슨 굴삭기와 모래 채취선
오오, 을씨년스런 이 풍경들

묻으며, 깎아지른 현무암 석벽 배경으로
갑자기 내려온 어둠이 만든 또 다른 회색의 벽을 배경으로
집집마다 불이 켜진다
임진나루터
드디어 밤이 되는구나 밤이 되는구나

* 임진나루: 파주군 율곡리의 나루. 1592년 임진란 때 나라를 버리고 임진나루를 건넌 비겁한 왕 선조와, 전투에서 죽을 줄 알면서도 강을 건넌 장수 유극량의 이야기가 전해짐.

열쇠전망대

열쇠 없이도 문이 열렸다
무적 상승 열쇠부대 표시 선명한 전망대 건너
북쪽 풍경이 정겹다
열쇠 없어도 열리는 전망대 문처럼
따끈따끈한 여름 햇살에
한 맺힌 첩첩 철책선 스르르 녹아
아무 일 없듯 휴전선도 열릴 것이다
무적 열쇠부대 푯말 선명한 전망대 건너
북쪽 풍경 참 정겨운 날에

* 열쇠전망대: 육군 상승 열쇠부대가 실향민의 망향의 한을 달래주기 위해 1998년 건립.

신탄리역, 열차는 멈추고

여기서 길 끝나는구나
전곡역, 연천역, 대광리역, 철원역 지나
평강역, 세포역, 고산역, 통지역, 낯선 이름들
뿌우, 기적소리 의기양양 원산역도 지척이다

이산의 통증에 삭신 저린
백발 노인네들 역 광장 긴 나무의자에 앉아
침묵 중, 한때 남남북녀였을 거야
시동을 멈춘 낡은 버스 옆구리 안보관광 표시
선명하다 역사는 한낮의 고요, 긴 하품이다

철길 위 수직으로 내리는
칠월 땡볕 자글자글 아지랑이 길어 올리지만
그래도 철마는 달리고 싶다

드디어 철길 끝나버린 신탄리역*에서

* 신탄리역: 경원선 최북단 역이었으나 2012년 백마고지역이 생김.

한탄강

한탄할 일 얼마였기에 한탄강이냐
태풍 루사*가 할퀴고 간 이태 후
물 넘친 자리 줄 그은 듯 선명한 한탄강국민관광지
매운탕집 돌계단 밑 간이주탁에 걸터앉았다
코를 찌르는 황토 냄새, 눈이 퀭한 주인장에게
먼저 소주를 시키고
언제 내가 흙탕물이었더냐 얄밉게도 청아한
한탄강 물 흐른다

거슬러 오르면 철원, 김화, 평강, 철의 삼각지*
전쟁 막바지에 쓰러진 청년들 뒤엉켜
떠내려 왔다던가, 아직도 길 떠난 넋들 너무 젊어
남대천, 영평천, 차탄천 협곡과 협곡 따라 오르내리며
처소 없이 바람으로 휘돌아 물결 일렁일 것이다

그래서 오늘 소주잔에 빠진 얼굴 붉다
민물매운탕 뒤집어진 피라미 속살
미루나무 이파리 흔들던 바람 몇 줄기 목이 쏴한데

오늘 소주잔에 빠진 얼굴 너무 붉다
철교 위 천천히 건너는 전동차 불빛까지
꾸물꾸물 느리게 스러져 강물 잠기면
긴 계곡과 계곡 휘돌던 젊은 넋들 흐느끼는 소리들
어느새 또 다른 강 되어 빠른 물줄기 이룰 줄을
퀭한 주인장 슬픈 눈 위로 깊은 밤이 내린다

후들거리는 다리를 딛고 일어나 나그네는
생애의 하루 잠재우러 전곡*으로 간다

* 루사: 2002년 8월에 중부지방을 강타한 태풍 이름.
* 철의 삼각지: 6·25 민족전쟁 당시 철원, 김화, 평강을 잇는 전략적 요충지대.
* 전곡全谷: 한탄강국민관광지 부근의 소읍.

철원을 찾아서

철원 어디에도 철원은 없다
눈 비비고 보아라 노란 여름 땡볕 아래
을씨년스런 노동당사 잔해와
열매 튼튼히 피워 올리는 조, 수수 그런 것들 외

초토焦土였다 능선이 뭉개어진 백마고지
김일성고지, 철의 삼각지 전투를 그대 아시는가
철원평야는 줄풀, 여귀풀, 애기부들과
검푸른 벼들만 성하다

철새들이 잠자는 시간 경적 울리지 마라는 팻말
잔청殘聽인가 기차들의 기적소리 뿌우우
경원선 천통리는 여느 가을처럼 원산을 거쳐
기차처럼 길게 떼 지어 날아온 두루미들
두고 보아라 저들의 철원을 만들 것이니

철원은 역설逆說이다 눈 비비고 보아도
철원 어디에 철원이 있는가를

겨울, 노동당사

철원평야에서 몰아치는 칼바람의 겨울
한 뼘 곡창지대를 더 갖기 위해
또 얼마만큼의 젊은이들이 피 흘려야 할까
여린 햇살에 알몸으로 선
노동당사*며 참으로 혹독한 풍경들이며

어떻게 웅크리면 이보다 더 작아질 수 있을까
귀 기울여봐, 보이지 않는 사자死者들
굳을 대로 굳어버린 신음소리 지하실 한쪽 구석에서
들리는 것을, 거적때기 하나 걸치지 않은
알몸들 울부짖는 소리 웅웅웅
오호, 들려서 설운 것을

이 겨울 철원 노동당사 앙상한 몰골
한낮의 중음신들이
더 앙상한 몸으로 저들끼리 불쑥불쑥 일어서고 있다
더러는 철사 줄에 손발 묶인 채
제발 죽여 달라 애원하며 탄흔 선명한 천정에

굴비처럼 꿰인 채 시계추로 흔들리고 있다

누가 저들을 잠들게 할 것인가
정오 무렵, 거적때기 하나 걸치지 않은
혹독한 겨울 한가운데에서 철원 노동당사는
칼바람에 이리저리 휘둘리는데

* 휴전 직전, 철의 삼각지 전투에서 패한 북한은 철원평야를 잃었다.
* 철원 노동당사: 철원군 소재, 1946년 조선노동당에서 건축한 러시아식 건물. 현재 1층은 방의 구조가 남아 있으나 2, 3층은 골조만 남아 있다.

홀아비바람꽃

철원 지나 향군마을 지나 백마전적비 가는 길
숲은 숲대로 늪은 늪대로 '지뢰 조심' 푯말 오싹하고
지뢰 조심 푯말 너머 온통 여름 땡볕들
다시 보니 여름 땡볕들뿐 아니다 금불초, 곰취, 엉겅퀴
그리고 또 무엇? 안면 있는 들꽃들 너머
소금 뿌린 듯 하얗게 핀 홀아비바람꽃* 무리들

경이로운 환생, 더러운 전쟁도 잊히는데
홀아비들의 혼백들 늪을 덮으며 저토록 하얗게 피어
남북도 없이 이념도 없이 서로 몸 비비며
저토록 엉키어 있을 줄을

철원 지나 향군마을 지나 백마전적비 가는 길
비싸게 빌린 승합차 세워놓고 우리 몇은
홀아비바람꽃, 여름 땡볕에 반짝이며 소금 뿌리듯
피어오른 한 무리 젊은 영혼들에게 넋을 놓는다

* 홀아비바람꽃: 다년생 초본으로 6~8월 개화하는 유독성 식물이다.

평화전망대 건너 피의 능선이

51년 8월에서 9월까지 스무날 남짓
믿을 수 없다 중부 산간 민둥산골짜기를
피의 능선이라고 이름하다니
국군, 북한군, 미군, 중국군들 군역 수행 중!
갓 스무 살 청춘 2만여 명이
순식간에 넋 놓아버린 참혹한 풍경

뚜렷하다 고암산, 오리산, 서방산 아래 납작 엎드려
밋밋한 능선 이어지고
이런 전투 있어 조국이 살아 있다고?
국군이건 북한군이건 미군이건
젊은 피 너무 푸르러 피아도 없이 섞여
어깨동무하며 흘러내렸을
피의 능선 이 쪽을 평화전망대라니

군역 필하면 의정부*에 들 수 없다는
시대의 정설이 부끄럽다
참담하다 이게 우리들 살아 있음의 징표인지

돌아가 누구에게건 말할 것
집을 찾지 못해 허공을 떠도는 중음신들의 땅
하산 길, 가슴을 후벼 파는
엄마, 오마니, mother, 마마妈妈 젊어 더 슬픈 언어들
이 어불성설의 낯선 풍경을
철원군 동송읍 중강리 평화전망대에서 본다

놀랍다 평화와 피가 대칭일 줄을

* 의정부議政府: 병역미필자들이 다수인 대통령, 정부고위관료, 정치인, 가진 자들의 집합체를 조선의 관제에 빗댄 말.

토교저수지에서의 몽상

이제 막 아홉 시 한탄강고석정국민관광지
긴 이름 보며 시동을 걸다 관광객은 혼자뿐
앳된 안내공무원의
또렷한 표준어 가리키는 대로 차를 몰다
도랑을 치거나 통신장비 점검하거나 탱크 진행선 따라
붉은 깃발 흔드는 풍경들을 빠르게 스치면서
어린 청춘들 왠지 낯익다
우리도 저렇게 멋있던 때 있었지 오성산이 저만치 보이다

습기 찬 베트남 계곡에 두고 온 청춘의 한나절
는개 내린 정글, 기억 희미한 전장
아느냐 그 이름 무적의 사나이 보병 제9사단 백마부대며
태풍부대, 열쇠부대, 그리고 청성부대며
철원군 마현리 너머 백골부대, 승리부대, 칠성부대며
'인제 가면 언제 오나 원통해서 못 살겠다'도
한참 지나 동해안 끄트머리에는 뇌종부대
간첩처럼 전선 기웃거리는 이 병!
어김없이 도져서 미치기 시작하다

숨 막히는 철조망 긴 띠와 마주하는 아이스크림 고지
세 시 방향은 제2땅굴 오르막길 지뢰지대 저쪽에
아랫도리 요염하게 드러낸 미지의 저수지 있음을

가파른 길 신갈나무, 상수리나무, 풀꽃 흐드러지고
궂은 날 윙윙윙 황소개구리
늪 속은 분명 블루길, 큰입베쓰 외래어종 천지일 것을
마른 풀여뀌 위, 몸통 까닥대는 꼬리붉은잠자리
잔뜩 웅크린 두꺼비 파리 잡듯 긴 혀를 날름 뽑아들다
충성! 몽상을 부수는 소리, 어느새 제2땅굴이다

오늘 이 저수지에 이름 붙이다
볼펜 동그라미로 지도에다 겹겹 철조망 휘감으면서
베트남 전쟁터 어디 습지에다 두고 온
눈물겨운 청춘들을 떠올리며
부질없음이여, 푸르렀던 젊은 한때의 늪이라고

아침리인민학교

아침리인민학교 교장 되었으면 좋겠다
하소리협동농장 끄트머리 아침리마을 학교운동장은
새벽마다 노루들 무리지어 뛰고
보아라, 늙은 참나무 썩은 등걸 위 장수풍뎅이 몇 마리

월정역을 힘겹게 빠져나온 금강산행
전기열차 긴 숨 몰아쉬며 힘겹게 거슬러 오르는 저 모습
밭일하다 객차 쪽으로 손 흔드는
처녀 아이들 흰 저고리 선명한 모습들 좀 보아
아아, 신기루다 가슴 아린 풍경들

윤유월 계웅산 승리전망대*
누가 불 질렀나 온통 숯검댕이로 나자빠진 나무들
들짐승들, 곤충들, 이 황량한 풍경 속
산새들 어찌 거처 있으랴 북방한계선 건너 납작 엎드린
저격능선 너머 오성산도 홀딱 벗은 알몸이다 뜨겁다
뜨겁다 땡볕 아래 지글지글 몸 태우는데

저기 가물가물 산골마을 아침리인민학교 보인다
철조망 넘어가 저 학교 교장 되었으면 좋겠다 내 아이들
새벽 단잠 깨우는 종소리 뎅데데뎅뎅뎅 뎅뎅뎅
교회 종탑 단칸방 종지기라도

* 승리전망대勝利展望臺: 육군 승리부대(제15사단) 전망대로 강원도 철원군 근남연 마현2리 남방한계선 철책선에 설치, GP, GOP를 가장 가까이서 볼 수 있음.

역설이 쌓아올린 댐이 있다

북한군 참 억울했겠다
뭐, 금강산댐을 터뜨려 수공한다면
서울시의 반이 물에 잠긴다고?
그림까지 그려가며
세 치 혓바닥 함부로 내두른 과학자님들
저명한 교수님들 아직 말짱하신지

교활한 군사정권의 사기술에
우매한 백성들 주머니 탈탈 털어 만든
평화의 댐* 위에 서면
부조화인데도 분명 부조화가 아닌
역설들이 쌓아올려 더 까마득한

댐을 보면
속임수에 강제로 떼여 도막난 월급봉투
아까워 잠 설치던 밤
어쩌겠는가 힘이 없어야 백성인 것을
약이라고 했던가 그런 세월 살다보니

쓰리던 속 이젠 다 아물었으니

빌어먹을
별 역설도 다 있다며 웃을 수밖에

* '워싱턴포스트지'는 '수공水攻'을 과장하여 건설한 불신과 낭비를 상징하는 지구 최대의 기념비적 공사'라고 했으며, 대학생들을 상대로 '대한민국 최대 거짓말'을 묻는 조사에서 '한국 경제의 거시경제 지표는 튼튼하다'는 외환위기 때 김영삼 대통령의 경제부처장의 말 다음으로 평화의 댐이 2위로 꼽혔다.

선녀폭포

실안개 뽑아 올리는 내 건너 간수봉
간수봉 너머 금강산 가물거린다 엉덩짝처럼 희멀건
민둥산들, 매봉과 박달봉 사이 검은 사타구니 어디에서
오줌 갈기는지 뿌연 물줄기 보인다

저 물보라, 저 무지개가 만든 투명한 병풍 속
저 선녀들 보아 반쯤 물속인 저 몸뚱이 보아
환장하게 아른거리는 저 에스라인 몸 어디어디를
차마 내 입으로 말할 수 없지

나는 나무꾼 날개가 없다
그녀의 치마 하나 훔칠 수 없다
눈물 글썽글썽 인제 볼 수도 없다

성내천에서 피워 올리는 또 실안개

* 강원도 양구군 해안면 일명 펀치볼 1,026고지 가칠봉의 을지전망대에서는 성내천, 매봉, 운봉, 선녀폭포, 간수봉, 금강산이 보인다.

통일전망대

펼쳐진 바다를 누가 시원하다고 했는가
만물상, 부처바위, 백바위, 구선봉
나무꾼과 선녀 전설 묻힌 감호* 저만치 해금강
여기서 금강산은 사십 리 길
해변 철책선 따라 달리던 금강산 육로도 멈춰선 지 오래
달 밝은 밤마다 학이 와 운다던*
저기 송도松都 가는 하얀 포말에 묻힌 길

통일마리아상, 통일미륵불, 통일, 통일, 통일들로
온통 범벅이 된 전망대 광장
까르르 여고생 한 무리 지나가고
근무교대를 하는가 앳된 얼굴의 병사들 향해
연신 카메라 눌러대는 중국 관광객들
모두 낯설다 뻥짝가요 흘러나오는 열차카페도

정말 통일기원 범종이 울까 댕댕댕 종소리는
산등성 길게 늘어선 녹슨 철조망도 지나
미치도록 환장할 해금강 고운 모래톱 한 바퀴 휘돌아

청천강 진한 는개 내릴 자강도 희천시
꿈속에서도 단 한 번 오지 않은 외할아버지
잡풀 무성할 무덤까지 반나절뿐인 걸

개꿈이다 남한 최북단 명파리 통일전망대
하얀 물보라 부서지는 바다 풍경 정겨우신가 친구여
이쯤서 토하고 싶다
가슴 막혀 꺼이꺼이 곡하고 싶다

* 감호鑑湖: 나무꾼과 선녀의 전설이 어린 작은 호수.
* 조선 명종 때의 문신인 석천石川 임억령林億齡의 시문 중 한 부분, 그는 나중에 벼슬을 버리고 전라도 해남 땅에 은신.

제4부

그날 산에서 낡은 군화 한 짝을 보았다

그날 산에서 낡은 군화 한 짝을 보았다

온통 서울올림픽뿐이었다 1980년대
십여 년을 경상남도 거창군 신원면 소재지
과정리와 덕산리, 청수리, 중유리, 대현리, 와룡리
궁벽한 산골마을
그대들 이미 알고 있듯 1951년 정월 초
믿었던 우리 국군이 앗아간 700여 백성들의 목숨들
참혹한 가슴팍을 헤적이고 있었다

빨치산을 산山사람이라고 했다
날다람쥐들처럼 펄펄 산을 날아다녔다는
그들의 날갯짓을 좇아 고개 몇 개도 넘었다
온통 는개 내리던 해발 666미터의 덕갈산과
강강술래 손을 움켜쥐듯 이어진
대여섯 개 뿌연 산등성
떡갈나무, 상수리나무, 오리나무 검은 그늘을
걷거나 냅다 뛰기도 하면서
옷자락 잡아당기는 싸리, 청미래덩굴
연약한 손아귀들을

후려치거나 꺾어버리기도 하면서
가느다란 오솔길과 능선을 오르내리면 어느새
쏴한 목구멍
더는 안 돼! 아아, 더는 안 돼!
산을 날다람쥐처럼 날았다는 먼 길의
겨우 초입에서 털썩 주저앉기도 하면서

그때, 바위 밑 검은 이끼 뒤집어쓴
누가 버렸을까 반쯤 묻힌 신발 한 짝을 보았다
전율이다
금세 문드러질 듯! 낡은 군화 한 짝을

그들은 짙은 어둠 따라 마을에 내려가
차용증 한 장을 썼을 것이다
해방공간에서 꼭 갚겠노라 꾸어온 겉보리 한 줌
부르튼 입 속에다 밀어 넣고
마른 침들과 섞었을 것이다 칼바람은
넝마로 헤진 가슴, 아랫도리를 덮은 낙엽 속에도

파고들어
통증마저 앗긴 발가락을 비볐을 것이다
등짝을 서로 기댄 채 온기 나누며
살아야한다 가물거리는 잠 속으로
다가서는 먼 고향마을
사립문 지나 동구 밖까지 따라 나오시던
오마니, 그렁그렁 눈물 채 마르기 전
살아야한다 새벽 행군 길 꽁무니에 붙어
소년병들, 제 키보다 더 큰
소총 무게에 짓눌려 절뚝였을 것이다

빨치산 동무들!
정말 산을 펄펄 날았나요 바위 곁 신발 한 쪽 버리고도 펄펄 날았나요 얼어 문드러진 발가락 하나씩 하나씩 뚝뚝 떨구면서 훨훨 날았나요 하염없는 눈물이 가린 길을 헤치며 훨훨 날았나요
날다람쥐처럼, 날다람쥐처럼

강강술래 손잡듯 죽 이어진 능선의 바위 곁
아직 그 자리에 묻혀 있을까 검은 바위 이끼
온통 뒤집어쓴
낡은 군화 한 짝은?
공염불! 사상과 이념이라는 덫,
덫의 총부리가 겨눴을 형제들의 가슴팍이며

이후,
다람쥐처럼 잽싸게 산을 날아다녔을
젊은 빨치산들의 피가
내 뜨거운 몸속을 흐른들 어떠랴 생각하며 살았다

* 지명들은 모두 경상남도 거창군 신원면과 그 부근에 소재함.

참꽃

무너진 외양간 터 어른거리는
참대 숲 그늘 어둡고
진종일 배고픈 솔개 한 마리 휘휘 돌던
앞산 그 등성이에 달떴다
군불을 넣었던가
생솔 등걸 타다만 연기 뜨락에 자욱했다

어스름 무렵 내내 산자락 올려다봤다
흔들리는 대숲 그림자 바스락거리는 들쥐 소리에도
깜짝깜짝 놀랐다 야아, 이놈아야 그믐밤에나 오지
그믐밤에나 오지, 어흠어흠 가래 그렁대며
헛기침도 해댔다 할아범 뒷짐 진 손이 무거웠다
솔개그늘이 잠시 집을 스쳤다

대숲이 흔들렸던가 장지문 잽싸게 열렸던가
나직이 이어지던 흐느낌도 잠시
부엌 빗장둔테 바투 쥐었던 할멈 손에 힘이 풀렸다
어이어이 이 꽃철에 참꽃 같은 내 새끼야아

참꽃 같은 내 새끼야아
대숲 건너 수런거림이 긴 여운을 남겼다 그는
혼자가 아니었다

이내 불길한 소문 내리고 다닥다닥 산비탈 마을은
온통 죽음뿐이었다 영문 모를 주검들이
골짝을 메우고 그해 여름 장맛비는 통곡이었다
겨울 흩날리던 눈발까지도
소문은 오래오래 골짜기에 머물렀다
아직도 그 소문을 나는 모른다

어이어이 참꽃 같은 내 새끼야아
그 밤 참꽃 길 재재발리 돌아간 그림자는
다람쥐였다 그림자는 늙은 내외의 희망이었다 그래
그는 애지중지 둘째 놈이었다 봄날마다 지천에
흐드러지던 환생의 붉은 참꽃이었다

먼 전장을 돌아 큰형이 싸리 삽짝을 들어왔지만

둘째 따라가 늙은 내외는 전설이 되었다
꽃산을 헤매다 지쳐 떠난 툇마루엔
빛바랜 이등중사 계급장 하나
적막은 마흔여섯 해 빠른 세월을 몰아갔다
참대 밭 건너 산등성은 또 붉은 참꽃 피고
배고픈 솔개 한 마리 휘휘 돌았다

아직도 그 마을 이름을 모른다
불길한 소문의 마을, 마을은 소백산맥 자락에 붙어
무너질 듯 흐느끼며 떨고 서 있을 뿐

저 산, 그리고 전설

저 산 참 가파르다 깎아지르듯 나 있는 길!
저 길 누가 갔을까

허이허이 그렇게 더벅머리총각은
나뭇짐 지고
허리 굽은 노인네는 망태기 메고

가여운 이름들은 전설이다
산을 날다람쥐로 날아다니다
얼어 죽었다던가 굶어 죽었다던가 또는
총 맞아 죽었다던가

사상도, 이념도 쥐뿔때기 하나 없던
오오, 빨치산 작은 전설들이 모여 만든
큰 봉분들!

두만강을 건너고 싶다

내가 만약 두만강을 건넌다면
40여 년 가난을 이기면서 모은 연금과
베트남 전상으로 인한 몇 푼 수당은 무사할까

내가 만약 두만강을 건넌다면
다시 집으로 돌아올 수 있을까 와서는
예쁜 아내와 두 딸과 두 손녀들, 온통 여인네들
여린 가슴에 연좌제의 사슬 붙을까
떼어낸 내 집 작은 문 국가유공자 표찰 자리
어떤 추잡한 이름의 명패 나붙어 흩날릴까

그러나 두만강을 건널 것이다
이산가족들 긴긴 기다림 위로
뭐, 통일이 대박이라고? 간교한 정치꾼들의 혓바닥이며
혓바닥에 놀아나다 쓰러져간 한 맺힌 쓰라림을

이제 두만강을 건널 것이다
평안북도 희천군 신풍면 북동 175번지

지금은 자강도 동신군, 꿈속 내 외가
이웃마을 가듯 가서
외가 식솔들 없으면 어떠랴 외할아버지 유택에다
가져간 외할머니 쇄골 한 줌 얹은 후
젖은 눈 그대로

보란 듯 되돌아오면 어떨까

나, 지금

나, 이 산골 뒤덮는 정이월 눈발을 보며
연신 황홀한 탄식 내뱉고 있을 때
현무암 구멍보다 더 크게
제주도 해변은 수천 개의 발파공들

나, 겨우내 꽁꽁 언 텃밭, 행여 움틀
새싹 뭉갤까 작은 자갈들 긁어모으고 있을 때
1번 도로를 전사들처럼 걸어
많은 문인친구들 강정마을로 갔다
맨주먹이잖아 등신들아
게임 끝! 고폭화약의 섬광, 일순,
초록 해변 뭉개며 우박처럼 쏟아질
구럼비 바위 조각들

동해안 대도시 변두리 작은 중학교
생명의 깃발이 노숙한다는 문자메시지 보며
나 대추, 인삼, 옻나무 가지 몇 개 뒤집어쓴
닭 한 마리 고로쇠 수액에다 푹푹 삶고 있다

창밖은 함박눈 되어 흩날리는 벚꽃 잎들
참 좋다 세상 쪽으로 자꾸 밀어내는 찔레나무
여리디 여린 연둣빛 이파리들

경상북도 성주군 금수면 무학3길
더는 길도 없는 궁핍한 경상도 산골 마을
1번만 꽂으면 인물이고 나발이고 없는
경상도 산골 마을, 아직도 먼 정치판 지도 위로
더디 오는 봄날, 제길 못 찾아 허둥대는
겨울잠 막 깬 도마뱀 한 마리처럼

등신들아, 세월 지나면 날선 연장도 녹슬기 마련
나 지금
그럭저럭 살아갈 궁리만 잘도 하는 걸

예순 나이에 꾸는 개꿈

고향 가야산 골에다 밭뙈기 하나 샀다
백 걸음 남짓이면 길이 끝나는 그곳
죽어도 그딴 곳 가서 살지 않겠다는 아내를
겨우 달래어 밭뙈기 하나 샀다

어쩌면 내 인생까지 묻어버릴
밭뙈기 덮으며 밤은 오리나무숲에서 내려올 것이다
어둠 따라 중음신 서넛 함께 와
친구하자 손 내밀 것이다 허허 거참
어둑새벽이면 너구리, 오소리, 늙은 산고양이들
무더기로 내려와 무딘 발톱으로
현관문 벅벅 긁을지도 모를 일이다

고향 밭뙈기는 원래 계획이 아니다
금세 올 것 같던 통일의 날 평안북도 희천군 신풍면
외가에 갈 참이었다

일제 때 열여덟 총각선생님이었던 아버지

첫 발령지 보통학교 이름이 기억나지 않지만
단 한 해면 어떠랴 거기 교장으로 갈 참이었다
외가 쪽 아이들과 운동장에서 씨름도 하고 제기도 차고
퇴직 후엔
청천강 합수머리 비탈 언덕배기
탄광촌 까만 사택 하나 빌려
적유령산맥 휘감는 북서풍 두루마기 자락 비집고 들 때
푸르게 흐를 청천강 내려다보며
시 한 편 쓴다면 또 어떠랴 싶었다
건져 올린 벌겋게 약 오른 피라미 찌개 펄펄 끓으면
갓 사귄 북쪽 늙은이 몇과
강계산 머루술, 오미자술, 들쭉술 따르기도 하면서

고향 가야산 골에다 밭뙈기 하나 샀다
아내여 그 밭뙈기에 집 지으면
'자강도 희천시 인민학교 교장 근무를 명함'
큰 종이에다 보란 듯이 사령장 하나 써 붙일 것이다
남은 밭뙈기엔 수천 번의 개꿈들

두고 보라 예순 살 사내의 꿈을 부질없이 만든
개꿈들 모두 모아
함께 묻어 꼭꼭 밟아버릴 것이니

그 사내의 이승

그 사내가 이승을 떴다
젊어 산업전사로 도회 공장에 묶였다가
늙어 아내 고향인 이곳에 왔다
예편된 산업전사는 늘 예비군복으로 전투태세
일 없으면 살맛 어딨겠냐고
온갖 동네일을 내 일처럼 해치웠다 사내는
마을 쪽으로 다섯 집 위
잡풀 하나 없는 깔끔한 마당에다
누런 황토 잘 칠해진 예쁜 집에 살았다

내 집 언덕배기 흉한 잡목들 말끔히 베던 날
품삯이 너무 많다고 밀고 당기면서
저 여린 가슴으로 도회 버거운 삶 어찌 보냈는지
허허로운 웃음 절로 나왔지만
가슴 갑갑하다 사나흘쯤 도회 병원 다녀와선
약 한 첩에 온몸이 가뿐한 걸 시골의사 탓하다가
성큼성큼 도라지 밭길 오르던
환한 얼굴이 마지막이었다 이틀 후

무에 그리 바빠 잰걸음으로

그 사내 이승을 떴다 예순하고도 대여섯 나이는
여기선 청년이다 북망 배웅하고 돌아오는 길은
허망이다
절망이다
상실이다
붉은 눈시울로 남은 우리들은 돌아서지만
언제 덮칠지 모를 깊은 어둠

오늘 어둑새벽 흐린 가로등 아래
예비군복 입은 사내 분명 전투태세다
행군 속도 빠르다 아직 집은 군불 찌짝 탈 것이고
쪼인 불에 벌겋게 달아오른 얼굴로
허허, 시골의사는 아무것도 몰라 아무것도 몰라
도회 두고 온 아내와 늘 그랬듯
간지러운 전화질쯤 보지 않아도 안다
한 뼘 저녁나절 아끼려 담배연기 흩날리며

도라지 밭길 산모퉁이 저만치 성큼성큼
돌아가는 뒷모습
이 어둑새벽 너무나 뚜렷하다 무슨 까닭일까

바닷가 외딴집

바닷가 외딴집에 살았다
집은 바다에서 한 마장쯤 떨어져 있었다
파도소리 양쪽의 산들이 가로막았고
짭조름한 갯냄새도 집과는 '해당 없음'이었다
사내의 몸뚱이는 울분뿐이었고
혁명을 꿈꾸고 있었다 바닷가는 늘 전쟁터였다

바닷가는 전투의 흔적이었다
검정고무신짝에 막소주를 따라 마시고
어촌계직영구판장에선 착한 순경의 뺨을 갈겼다
열 길 절벽 위에 두 다리 건들거리고 앉아
대포사발에 연거푸 소주를 들이부었다 머리 위
갈매기들이 알 수 없는 울음을 울건 말건
작은 배는 먼먼 바다에서 까만 점일 뿐이라는 것도
바다 앞에서 파도소리를 눈치 채지 못했다
낭만적이라고 천만에 사내는 전투 중이었다

취한 그는 한 마리 짐승이었다

먼 도회에서 쫓겨나 섬으로 훌쩍 헤엄쳐온 짐승
손가락에는 날카로운 손톱이
발가락 사이에는 스멀스멀 갈퀴가 자라고 있었다
순경조차도 사내의 몸을 휘도는
야수의 흔적을 찾진 못했다
찍히면 삼청교육대*로 끌려가는 일천구백팔십 년대
그것이 유일한 생존법이었을 줄

참으로 다행스럽게도 아직 살아 있다
몇 백리 떨어진 산골에서도 파도소리를 느끼고
냉장고 속 얼어빠진 한 도막 생선만으로
갯냄새까지 떠올린다 인제 그의 몸통 어느 구석
혁명은 없다 날카롭게 자라던 손톱
왜 발가락 사이 갈퀴 따위가 사라졌는지

오늘 그 섬을 그린다 바닷가 절벽은 안녕하신지
막소주 콸콸 들이붓던 어촌계 구판장은 그대로인지
아아, 외딴집은?

젊어 한때 부질없던 울분과
바닷가 집에서 꿈꾸던 혁명과 참담했던 전투의 흔적

먼 먼 섬, 꼭 한 번만 가기로 했다

* 삼청교육대三淸敎育隊: 1980년대 초 전두환은 사회악 일소라는 미명으로 민주화 인사도 포함된 60,755명을 군부대에 수용, 잔혹한 교육으로 54명이 사망하였다.

사진 속에서 김남주 형 웃고 있다

일천구백 년 시작 무렵이었지 한양에서
밤새 술독에 빠졌다 살아나온 산골시인 백신종과
먼저 자리를 떴던 남주 형의
해장술 초대를 받았다
서울 목동 작은 집에 작은 상을 깔고
출소 후 병색 지우라고 시골 친지가 껍질 벗겨 보낸
주먹만 한 짐승 한 마리 안주하여 또 마셨다
잡혀가 받은 온갖 몹쓸 상처들이 몸속에서
쑥쑥 자라나 똬리를 틀고 앉은 줄 그땐 몰랐다
남주 형이 죽었다

오늘 형이 마흔 살로 환생하여 웃고 있다
남덕유산 그늘 짙게 내리던 경상도 거창 산골 분교
시인들 몇과 이름표 목에 걸고 나란히 섰다
이빨 드러낸 채 환하다 반팔차림이다
누가 착한 시인 김남주를 전사라고 하는가

견마지로 혈서를 쓴 일본군 장교

다까끼 마사오가 대통령이던 나라가 과연 나라였는가
부끄럽다 그의 인형극 줄에 매달려 꼭두각시 춤을 추던
법관들 모두 어디로 갔나
남민전도 민청학련 사건도 모두 죄 없음!
역설이다 그로 인하여 죽은 이들 살았단 말 들은 적 없다

엊저녁 일흔 몇 살 한창 나이인 남주 형과
남도 작은 우거에 퍼더버리고 앉았다
몇 순배의 술에 몸 기운다
'한국에는 매국노와 애국자뿐 그 중간은 없다.'
정말입니까 되물으며 주탁을 내려치다가
'이 두메는 날라와 더불어 꽃이 되자 하네 꽃이 피어 눈물로
고여 발등에서 갈라진 녹두 꽃이 되자 하네'
노랠 부른다 목 좀 아픈들 어떠랴

마흔 살로 환생한 남주 형, 사진 속에서 웃고 있다
이빨 드러낸 채 너무 환하다
오호라 누가 저 착한 시인을 전사라고 했는가

K시인 댁에서의 한 철

서른 초입 섬 국민학교 선생 시절
경상북도 왜관읍 978번지 K시인* 댁에 월세 살았다
이북 원산에서 내려와
결핵 치료를 위해 오래 머물다 떠난 집에는
역시 결핵으로 학교 교장선생님을 빨리 끝낸
아버지가 사셨다
그렁그렁 쉰 목소리와
연신 뱉어내던 빠른 스타카토*의 잔기침소리
오랜만의 귀향은 늘 가슴이 서늘했다

명절이나 공일 때로는
아내와 어린 두 딸 데리고 먼 남도에서
집으로 와서 첩첩이 쌓인 피곤을
문간방 늙으신 친할머니 곁에 눕혔다
날 밝으면 마스크를 하신 아버지
어린 두 손녀와 형님 댁 하나뿐인 장손을
한 대의 낡은 자전거에 빼곡히 태우고는
이웃 여학교 운동장으로 가시곤 했다

보지 않아도 안다
시멘트 의자에 비스듬히 누인 자전거처럼
비스듬히 아픈 몸 기대셨을 아버지
손주들 노는 모습에 환해진 얼굴, 어쩌면
생애 가장 행복한 날이었을지도
그래서 더 슬프다

하릴없던 한낮은 양철대문 곁 작은 꽃밭
잘생긴 모과나무가 밑
마당 경계석에 앉아 손바닥을 받침으로
작은 종이에다 시를 썼다
아하, 모과나무도 껍질을 벗는구나 그때 알았지만
매일 불편한 다리를 끌고 온 K선생님 처제는
익어가는 열매를 하나둘 세었다
왜 그랬을까 단 한 개의 노란 모과도
단풍 한 잎도 허투루 두지 않았던 그녀의 속마음
아직 모른다

일천구백칠십 년대 나는 시인이었고
가물가물 문단말석이라고 했던가
어느 해 해괴한 이름의 두 번째 시집
'보내주신 옥저[玉箸] 감사하며 정신적 양식이 되었다'고
부끄러워라 천릿길 한양에서 날아온 관제엽서에는
굵은 만년필로 'K'
공책 첫 장에 붙여 매일 들쳐보던 으쓱함 싫지 않았지만
당신의 집에 살고 있는 젊은 시인 하나를
선생께서는 알지 못하셨다
젊은 시인의 외가가 소월의 땅
평안북도 구성 바로 이웃 희천군이었음은
더더욱 모르셨을 것이다

얼마 후 친할머니 가시고 이태 후
예순 살 젊은 아버지 가셨다 임종을 지키지 못한
상처가 깊어
깜빡이는 조등 흐릿한 불빛에도 으스스
몸 떨린다 지금도 무섭다

이후 덕유령 산골 학교로 옮겼고
형네 가족들 새 집 사서 집을 떠났지만
무슨 기연일까 외할머니 이어 어머니마저
이승 뜨시자
평안도 외가가 송두리째 사라져버렸다
불행한 일이다

젊어 천방지축 온 세상을 떠돌던 한때
우리 가족은
모과나무 노란 열매와 단풍색깔 환장하게 예뻤던
K시인 집에 살았다

* K시인: 1919년 함경남도 원산 출신, 초기에는 공산치하의 비인간적인 현실을, 이후 그리스도교 사상을 시화詩化하였다. 대표작은 「초토의 시」.
* 스타카토staccato: 한 음씩 매우 짧게 끊어 연주하는 음악의 기법.

미금역, 이젠 그가 없다

—강민 시인*에게

1

버스를 타고 미금역 간다

4번 출구 북쪽 끝 2층 찻집 늘 그 자리다

의자에 비스듬한 지팡이 하나

긴 숫자 깜빡깜빡 지워지는 길을 건넌다

1번 출구 뒷골목 초밥집도 늘 그 자리다

반주로 마시던 소주 반 잔

그때 참 어려웠지

육칠십 년대의 사림詞林을 지나

팔구십 년대로 흐르던 물은

촛불 너울거리던 광화문에서 역류하여

끝내 육이오 국민방위군 사건이다

'1950년 새벽 경안리에서 만난

어린 북한군,

우리 죽지 말자며 헤어졌지.'

초밥집 옆 하나, 둘, 셋, 넷
나지막한 시멘 층층대 위 찻집에서
쓴 커피로 입가심한 후
신호등 길게 깜빡이는 횡단보도 천천히
더 천천히 지팡이 따라 건너 닿은
810번 정류장에서 손을 흔든다

두어 달 전엔 늘 그랬다
그러나 이젠 1번 출구 뒷골목 초밥집도
상가 끝 중국집도
'아무것도 먹을 수 없어!'
너무 매워 목울대 벌겋게 달구던 매운탕집도
2층 또는 낮은 층층대 다섯 개 오르던
찻집도

오오, 길 건너 빤히 보이는 810번 버스정류장
손 흔들던 그가 없다

2

어제도 커피집을 까치발로 서서 보았다
어제도 초밥집을 몰래 들여다보았다
어제도 헤어지기 전에 입가심하자던
어려운 이름의 커피집
선팅한 유리창에 코를 붙여
안을 들여다보지만
그가 없다 조근조근한 말씀도

정말 담담했을까
전쟁터의 하룻밤, 낯선 주막에서 동침했다던
어린 북한군,
그 사람 살아 있었으면 하던

그가 없다
함께하던 착한 시인들도
소주 한 병으로 족했던 어르신들도
없다 분당 미금역 부근 어디에 묻어뒀을

그의 냄새마저 수그러들고

오늘도 이층 커피집을 까치발로 서서 보지만
오늘도 주인 몰래 초밥집을 들여다보지만
오늘도 헤어지기 전에 입가심하자던
커피집
선팅한 유리창에 코를 붙여 들여다보지만

상실이다

선생님,
삶은 원래 허허로운 건가요

* 강민 시인(1933–2019): 본명은 강성철, 시집 『외포리의 갈매기』와 시선집 『백두에 머리를 두고』 등이 있다.

송영이다방

파주시 적성면 지나 연천군 백학면 두일리
더는 북쪽으로 갈 수 없다
보병 제25사단이 지키는 곳에 송영이다방이 있다

송영이 씨는 다방 주인이고
손님 끊기면 낡은 의자에 비스듬히 기대기도 하지만
이름 석 자, 송 · 영 · 이, 예쁜 여인네
금세 환한 웃음
잊을 수 없다 삼십 년 후 만나도 가슴 설렐 것이라
머저리인 나도 그쯤은 안다

누가 이름 석 자 쉽게 내걸까
그대 내게 묻지 마시고 직접 가서 알아보시라
쓰디쓴 커피 맛에 맹물 부어 마시긴 했지만
비싼 휘발유 값이 왜 별것 아닌 줄을

삼팔선에서 동해를 보다

부산 달맞이고개를 떠난다 코발트 빛 바다
500킬로미터 7번국도
해금강이 저만치 보이는 고성 통일전망대
인제, 원통, 양구, 화천, 철원, 연천, 문산을 지나
처참한 스무 살 한때 보병 제9사단 백마부대도 지나
빨간 명찰 선명한 해병 청룡부대
강화도 애기봉전망대까지 갈 참이었다

고리핵발전소 회색 건물에 숨이 막힌다
월성핵발전소 지나 문무대왕릉 처참한 풍경이다
호미곶 지나 한 시간 더 달리면 월송정
화랑 넷이 환한 달밤 솔밭에서 놀았다는
설화는 이제 없다 울진핵발전소 지나자
탁 트인 동해가 쭈그러든 채 눈에 박힌다
수천수만 갈래로 찢어지고 있을지 모를 땅 속의
위태위태한 단층이 팍 튀어나와
내 자동차를 공중으로 날려버릴 수도

젊은 바다에서 뽑아 올린 싱싱한 처녀수處女水들
핵발전소 한 바퀴 돌아
다시 바다로 흘러든다 아픈 신음소리는
파도소리에 가려들을 수 없다

마흔 해 전, 우크라이나 키에프시의 체르노빌
터져버린 원자로에
죽거나 다치거나 고향 버리고 타지로 이주한
수만 명의 백성들 지금도
쉬엄쉬엄 죽어가고 있음을 그대 아시는가
그날 이후 사십여 년
무뇌아로 태어난 어린것들을 어쩌랴

도회 삼척의 길거리에는 온통
핵발전소 찬반 현수막이 펄럭인다 지저분한 전쟁터에서
옛날다방 늙은 마담과 마시는 커피가 이렇게 쓸 줄을
다시 핸들을 바투 쥐고 길을 당긴다

강릉 너마저 검은 연기 석탄발전소를 가졌구나
푸르죽죽한 도회를 지나자
이게 정말 동해안이구나 혼잣말로 핸들을 당기지만
갑자기 차가 멈춰 섰다 여기는 삼팔선휴게소
큰 바위에 꾹꾹 눌러 새긴 표지판의 둔탁한 글씨
미국이 시루떡처럼 쪼개버린 나라
이 현장이 눈물겹다 목이 메인다

내 나라가 그대들 먹어치울 임자 없는 포도밭이라고?*
1945년 8월 11일 새벽 2시
젊은 미군 대령 하나 국방부 청사에서,
또 다른 미군 대령 둘은 태평양 전함 위 펴진 지도에다
쇠자를 대고 줄을 그었다고? 빌어먹을 놈들
이후 질긴 식민의 사슬이 목을 죄고 있으니

부질없다 강원도 양양군 현북면
삼팔선휴게소, 무거운 표지판 너머 착 갈앉은 하늘
핵발전소도, 바다로 흘려보낸 냉각수도

굴뚝에서 펄펄 흩날리는 매연 따윈 여기선
별것 아님을 위태위태한 상상들도
별것 아님을 그리고

삼팔선 표지판은
조족지혈의 망상들, 핵발전소들 모두
과부 보쌈하듯 둘둘 말아
순식간에 푸른 동해로 감추어버린다
사실이다

* 구한말 서구 열강들의 서세동점西勢東漸 시절, 조선은 한낱 먹잇감인 '임자 없는 포도밭'이라고 불렸다.
* 삼팔선을 만든 두 가지 설, ① 한국전 말에 미 국방성 펜타곤에서, ② 일본 부근 미 군함에서.

고향 성산, 별 내리던 곳에

십오 년 살다 떠나 예순이 넘어 되온 지
벌써 오 년째다 어릴 적 이웃들 모두 떠났고
동무들도 이미 노인네다
해발 400미터 성산은 여전히 포근하고
다리 난간 위에서 장난질로 뛰어내리던 성 밖 숲도
이조년* 선생의 '이화월백 은한삼경
제혈성성 원두견'이
나지막하게 읍내를 맴도는 것 또한 예전 그대로다
노란 꽃술 질질 흘리던 노지 참외는
비닐집 속으로 들어가고 사라호 태풍 때 온통 상처투성이던
신작로는 아스팔트길이 되었다

그런데 나는 고향을 떠날 생각이다
어떤 관리가 천황폐하 만세를 외치자 경상도산産
꼴통 관리 하나는 백성들을 개돼지라고 했다
꼴통들과 개돼지가 같은 하늘 아래서
어찌 말 섞을 수 있겠는가

여왕폐하께서는 성주가 사드기지 최적지라고
읍내 앞 성산을 손가락으로 가리키자
속수무책의 전쟁터가 되었다 이제 별 내리던
별고을 하늘에서 깨진 유리파편처럼
전자파가 쏟아질지도 모를 일
가뜩이나 새벽잠 없는 촌로들 착한 귀청 찢는
레이더 발전기 소음뿐일 끔찍한 밤을

그래서 고향을 떠날 생각이다
온통 사드참외와 사드사과 사드마을
어린 손녀의 이름 앞에도 어쩌면 붙을지 모를
사드괴물의 저주를 피해 떠날 것이다

사람들의 마을, 그런 마을을 찾아갈 것이다

* 이조년李兆年: 성주 출신, 고려 충렬왕 이후 4대의 왕을 보필한 문신이자 학자. 왕의 방탕을 직언했지만 멈추지 않자 은퇴, 고향에서 은거하다 죽었다.
* 사드THAAD: Terminal High Altitude Area Defense의 약자로 적이 발사한 탄도미사일 공중 요격용으로 미국이 개발하여 경상북도 성주에 사드기지를 만들어 배치하였다.

| 해설 |

시원으로서 '외가'와 통일조국 가는 길

임동확(시인)

글자 그대로 '바깥에 있는 집'이라는 의미는 '외가外家'는, 단지 결혼한 여성의 친정親庭을 가리키는 호칭이 아니다. 남성중심의 지난 사회 속에서 호적 질서의 '바깥'에 있는 '어머니' 계열의 집안을 가리킨다. 재산권이나 상속권 행사에 있어서 여성들을 배제한 채 남성들끼리 어울렸던 남성결사의 흔적이 스며 있는 게 '친가親家'와 '외가外家'의 구분이다. 알게 모르게 가부장제적 사회의 유물인 남녀 간의 성차별적인 요소가 들어 있는 게 '외가'라는 명칭이다.

김태수 시인의 이번 시집 『외가 가는 길, 홀아비바람꽃』은 일단 그런 의미의 '외가'와 구분된다. 그의 시들은 아버지를 중심으로 한 '친가' 또는 '본가'보다 자신의 '외가'에 대한 더 깊은 애착과 그리움을 보여주고 있다. 남북분단의 비극과 깊게 연결되어 있는 '외가'의 '외할머니'를 중심으로 개인적이고 민족사적 전환점으로서 남북통일에 대한 꿈과 비전을 모색하고 있는 점이 눈에 띈다. 무의식적이나마 남성권력 중심의 통일한국보다 여성중심 또는 외가 중심의 통일론이 부각되어 있는 점을 주목해봐야 할 것이다.

하지만 엄밀히 말해 그의 '외가'는 실재하는 것이 아니다. 분명 지도상으로 실재하지만, 현실적으로 경험하거나 확인할 수 없다는 점에서 실재하지 않은 거나 마찬가지다. 특히 그곳은 실제로 가본 적이 없는 곳으로서 "도라산역에 길게 깔아놓은 위성사진"(「엊저녁 뵌 외할머니」)만이 그 '외가'에 가는 유일한 접근 수단이다. 그의 존재의 중심부에 자리한 '가장 가까운 곳'이자 '친숙한 곳'임에도 불구하고, 실제적으로 '가장 먼 곳' 또는 '가장 접근하기 힘든 곳'이 '외가'다.

남쪽 성주군 고향 면사무소에 가서
북쪽 자강도 외가 갈 통행증으로 쓸
제적등본을 뗐다
외할머니 호적은 평안북도 희천군 신풍면 지동 175번지
자강도가 된 희천시가

동창면과 신풍면을 떼어내 만든
동신군은 외가 신풍면을 먹어버렸는지
바람에 날려버렸는지 지도에 없다

사범학교를 나와
공립소학교 훈도 발령 초임지인 평안북도 희천에서
무남독녀 어머니를 만났고
남녘 신행길 외롭다 함께하신 외할머니
그 길이 영영 이별길일 줄 어찌 알았으랴

—「제적등본을 떼다」, 부분

여기서 주목해볼 것은, 외할머니가 외동딸인 어머니의 신행길에 동반했다가 때마침 남북 통행이 막히는 사태에 직면하여 남쪽에 눌러 살게 되었다는 가족사적 비극만이 아니다. 호적상의 외가가 지명 변경과 구획 재정리로 '지도' 상에서조차 사라졌다는 사실이다. 그러니까 '외가'는 '제적등본'의 기록으로만 존재할 뿐, 현실적으로 존재하지 않는다. 오직 상상력으로 다가가서나 만나볼 수밖에 없는 부재하는 텅 빈 기표뿐인 공간이다. 태어나서 단 한 번도 가본 적이 없는 '외가'는, 스스로가 위로받거나 만족감을 누리기 위해 요청한 일종의 환영이나 '아름다운 가상'에 지나지 않을지 모른다.

하지만 그럴수록 짙어지는 그의 그리움은 "경상도" 출신 "훈도 사위"와 "혼례한" 외동"딸" "신행길"에 "동행"했다가 본의 아니게 이산가족이 되어 "4남 3녀 외손자"를 "다 키우신 외할머니"와 "평안북도 희천군 신풍면 북동 175번지"(「외할머니를 기록하다」)의 '외가'를 향해 있다. 그러면서 "외할머니"가 "죽어서도 옛집에 가지 못하고" "어머니"와 "아버지" 또한 "죽어서도" "친정"이나 "처가에 가지 못하"(「외할머니, 휴전선 넘지 못하셨나보다」)는 현실을 통탄하고 있다. 오랜 분단의 비극의 극복과 "언젠가 올 통일의 날"의 대비가 "백과사전에도 지도에도 없"는 "외가"(「외가를 찾습니다」) '찾기'로 나타나고 있다.

댐이 묻어버릴지도 모른다 만포선 느릿느릿한 갈탄열차면 어떠랴 꺼멍 흙먼지 날리는 광산 길이면 어떠랴 합수한 희천강, 청천강물 얼어 깨지는 소리 쩡쩡거리면 어떠랴 적유령, 묘향산맥 쌓인 눈 속이면 어떠랴 개마고원 칼바람에 볼을 베인들 어떠랴 문고리 손 쩍쩍 들붙는 동토면 어떠랴, 어떠랴

더 변하기 전에 중중모리로 간다
눈 덜 희미할 때

꿈속의 외가, 먼 자강도 희천엘 가야겠다

—「오늘 자강도 희천 간다」, 부분

이제 "더 변하기 전에" "눈"이 "덜 희미할 때" 가고자 하는 "먼 자강도 희천"시는 단지 '나'의 "외가"가 소재한 장소가 아니다. 그야말로 "꿈속"에서만 존재하는 "외가"는, '나'의 간절한 소망과 요청 속에서만 실재한다는 점에서 무無와 심연적 근거Abgrund에 가깝다. 그렇다고 해도 오직 상상 속에서 "느릿느릿한 갈탄 열차"를 타고 '내'가 가고자 하는 '외가'가 아무것도 아닌 것이 아니다. "흙먼지 날리는 광산 길"이나 "합수한" "강물이 얼어 깨지는 소리"가 들리는 혹한의 "외가"는 '나'를 일상적 세계에서 벗어나 역사적이고 민족적인 비극의 시간에로 '초월transzendenz'해가게 만드는 생의 거점이다. 망각된 통일조국의 과거의 풍부함을 앞당겨 지금 여기의 현재적 순간에 드러내는 '심연적 근거'이자 행여 "문고리"에 "손"이 "쩍쩍 들붙는 동토"이자 미구에 그나마 "댐이 묻어버릴지도 모"르는 "외가"다.

실상 그 어디에도 부재하는 '외가'에 대한 그의 회상andenken은, 따라서 단순히 이미 있었던 '외가'와 '외할머니'를 기억하거나 추억하는 행위에 그치지 않는다. 오히려 그런 추억과 기억들과 더불어 동시적으로 미래적으로 다가

와야 할 것을 앞서 사유하는 것을 의미한다. 참다운 고향의 장소성을 숙고하고, 그 장소성에 건립되어야 할 근거가 바로 '외가'인 셈이다.

차라리 산골이었으면 좋았을 걸
강남산맥 끝자락 손바닥만 한 소읍 룡천
역사驛舍 폭발로 치솟은 불기둥 어찌됐을까

움푹 파인 철길 건너 룡천소학교
올망졸망 아이들 소리 한창일 시간
이런 걸 날벼락이라고 하는가
학교는
설익은 어린 손으로 만들다 짓뭉개버린
찰흙소조塑造였다

먼 병상에서 날아온 사진을 본다
붕대로 눈을 칭칭 둘러맨 외가 아이들은
걸을 수도 없다 타버린 아랫도리로는 인제
돌아가 공부할 방 한 칸 없다

나 룡천으로 가야겠다 가서 와락 보듬어야겠다

경의선 따라 사리원, 평양, 정주 지나 한나절 길
무너진 황토운동장, 서거나 쪼그리고 앉아 넋을 놓을

온통 흙투성이뿐일 내 제자들을
온통 흙투성이뿐일 내 외가 새끼들을

—「룡천소학교」, 전문

위 시는 단지 지난 2004년 4월 22일 평안북도 룡천역 폭발사고로 154명이 사망했으며, 그로 인해 바로 그 철길 옆에 있던 룡천소학교가 완전히 파괴돼 어린이 76명이 사망한 사건을 다루고 있다. 하지만 필시 "외가"의 다른 이름인 "룡천"소학교의 "아이들"에 대한 회상은, "불"에 "타버린 아랫도리"로 "걸을 수"조차 없는 "아이들"에 대한 무조건적이고 무한한 연민을 나타내는 것이 아니다. 잔혹한 참상의 "불기둥" 이전의 시원을 꿈꾸면서 동시에 미래적 사건을 준비하는 것을 의미한다. 폭발사고 이전의 "온통 흙투성이뿐"인 고향적이고 시원적인 존재를 경험하고 앞으로 밀어닥칠 크고 작은 존재사건을 준비하는 경험을 뜻한다. 더 이상 존재하지 않거나 이미 사라져버린 것에 대한 기억이 아니라 시원적이고 미래적인 존재가 전해주는 말을 듣는 의미의 회상을 의미한다.

김태수 시인이 꿈꾸거나 회상하는 “통일의 시간”은, 따라서 순전히 정치적이고 역사적인 통일의 시간만을 의미하지 않는다. 또한 “외할머니”는 홀연 떠나온 “옛집”으로, “어머니”와 “아버지”는 “친정”과 “처가”(「외할머니, 휴전선 넘지 못하셨나보다」)로 돌아가는 순간만일 수 없다. 그 존재여부조차 불투명하고 망각된 ‘외가’라는 시원적 근거와의 만남을 통해 항상 젊고 왕성한 생명력과 무한한 가능성으로 “검은 땅”의 “드러”남 또는 “치솟”(「언제 설움 치솟아 검은 땅 드러내는지를」)음을 체험하는 순간이다. “안타까움만 더할 뿐”인 과거 역사의 “검은 진물”을 “바다로 흘려보내”면서 “철교 위를 덜컥거리”며 달려갈 “만포선 열차”를 앞당겨 “오늘” 여기의 “평화전망대”(「나 어찌 외가에 갈 수 있으랴」)에 세우는 순간이 바로 그가 그토록 염원하는 통일의 시간이라고 할 수 있다.

이번 시집의 중심인물이자 그에 대한 헌사獻詞라고 할 수 있는 외할머니에 대한 회상 역시 그렇다. 그의 외할머니는 단지 남북분단의 비극을 온몸으로 체현한 한 인물에 그치지 않는다. “낙동강” 전선에 투여된 “인민군” “소년병”들에게 “오마니”(「외가를 찾습니다」)로 불리기도 했던 그의 외할머니는, 단지 가족사적인 존재를 넘어 지난 시대의 아픔과 슬픔을 끌어안은 민족사적 대모代母에 해당한다. “무남독녀”

의 “신행길 따라”왔다가 “길이 끊”겨 “45년” 동안 “청상”(「외할머니 잠 속에서 냅다 달리신다」)으로 지낸 외할머니는, 단순히 혈연관계가 아니라 이른바 시대의 아픔과 슬픔을 공유하는 ‘고뇌하는 어머니’에 가깝다.

특히 “먼” “남쪽 섬까지 따라와 두 증손녀”를 “키우”기도 했던 그의 “외할머니”(「은가락지」)는 아이를 낳고 기르는 무한한 가능성의 원천이다. 또 아이를 위해 미래를 준비하고 배려하는 원형적 부모상을 상징한다. 주어진 운명을 탓하지 않고 남북분단의 비극이라는 괴물과 맞설 지혜와 사랑을 전해주는 여신적 존재가 “아직도 외손녀 딸”의 “바지 꿰매시”고 죽어서도 “낡은 손재봉틀”을 돌리시는 “백발의 외할머니”(「손재봉틀소리」)라고 할 수 있다.

그런 만큼 김태수 시인에게 통일은 단지 정치 · 문화 · 사회적 차원만의 통일일 수 없다. ‘외가’로 대표되는 시원으로의 귀향이자 그것을 통한 근원에의 통일을 의미한다. 남성 권력 중심의 가부장제적인 통일이 아니라 외할머니를 중심으로 한 국적을 초월한 “엄마, 오마니, mother, 마마妈妈”(「피의 능선 건너 평화전망대가」)를 중심으로 하는 여성적 가치와 미덕에 입각한 가장 근원적인 만남을 의미한다. 모든 차이를 무시한 채 무조건 하나로 만드는 남성주의적 통일이 아니다. 각 주체가 자기만의 고유성과 정체성을 유지한 채 수평적으로 연대하며 서로 보살피는 모성에 기반한 매우 구체적이면서도 신비한 통일을 의미한다.

"딱 부러지는 평안도 성정인 엄마"의 "칠남매 중 미덥지근한 둘째" "내내 애물단지로 바깥을 맴돌던" "나"는, 그런 "외할머니"를 "언젠가" "통일의 날"이 오면 "흙 한 줌 가져다" "외가 산등성"에 뿌리겠다고 내심 "수없이 다짐"하고 "약속"(「외가를 찾습니다」)한 바 있다. 하지만 어느새 "칠순"의 나이가 된 "외손자"(「외할머니, 휴전선 넘지 못하셨나보다」)인 "나"는 또한 일찍이 "죽기 전" "자강도 희천시" "외가"의 "어디메 산골학교 교장"이 "되"어 "아이들"(「나 어찌 외가에 갈 수 있으랴」)과 어울리는 소망을 간직해왔다. 비록 쉽게 실현되지 않을 '개꿈'이라는 것을 익히 알고 있으면서도, "철조망 넘어" "가물가물"한 "산골마을 아침리인민학교"에서 개인의 의식과 인륜성이 참다운 조화를 이룬 인격을 가진 "교장"(「아침리인민학교」)을 꿈꾼 바 있다.

> 일제 때 열여덟 총각선생님이었던
> 첫 발령지 보통학교 이름이 기억나지 않지만
> 단 한 해면 어떠랴 거기 교장으로 갈 참이었다
> 외가 쪽 아이들과 운동장에서 씨름도 하고 제기도 차고
> 퇴직 후엔

청천강 합수머리 비탈 언덕배기
탄광촌 까만 사택 하나 빌려
적유령산맥 휘감는 북서풍 두루마기 자락 비집고 들 때
푸르게 흐를 청천강 내려다보며
시 한 편 쓴다면 또 어떠랴 싶었다
건져 올린 벌겋게 약 오른 피라미 찌개 펄펄 끓으면
갓 사귄 북쪽 늙은이 몇과
강계산 머루술, 오미자술, 들쭉술 따르기도 하면서

—「예순 나이에 꾸는 개꿈」, 부분

나이 '예순' 무렵 그는 아내의 극심한 반대를 무릅쓰고 고향의 가야 산골에 밭뙈기 하나를 산 바 있다. '금세 올 것 같던 통일의 날'이 오면, "단 한 해"만이라도 "아버지"의 "첫 발령지"이자 외가가 있는 "보통학교" "교장"으로 가려는 꿈이 좌절되면서였다. 재임 기간 동안 "외가 쪽 아이들"과 어울려 "씨름도 하고" "퇴직 후엔" "청천강"을 "내려다보며" 가끔 "시 한편" 쓰거나 "피라미 찌개"를 안주로 "갓 사귄 북쪽 늙은이 몇"과 토속주를 마시는 소박한 소망이 그야말로 '개꿈'으로 끝나면서였다. 그에게 밭떼기는 무슨 사치가 아니라 여전한 남북 간의 대립과 갈등 속에서 불안전하고 위협적인 현실과 대비되는 아름다운 가상의 공동체를 대신

했던 것이다.

김태수 시인의 한국 정치현실에 대한 통매痛罵는 이와 맞물려 있다. 먼저 지난 시절의 "산골 마을을 온통 시끄럽게 했던 무장간첩" "침투"(「개망초」) 사건이나 "미군" "장갑차 캐터필러"에 "뭉개진" 두 "여중학생"(「꿀꿀이죽」)의 죽음의 환기는, 그동안 우리가 여전히 반공이데올로기와 미국의 지배에서 자유롭지 못했음을 보여주고 있다. 특히 "국군과 서북청년단이 마을 어른들에게 구덩이를 파게"해 민간인을 학살하고 "생매장"(「봉두국민학교」)의 역사나 "통일은 대박이라고" 하면서 정권 유지에 급급한 "간교한 정치꾼들"에 대한 비분강개는, 그로 인해 그의 간절한 소망이 좌절된 것과 결코 무관하지 않다.

따라서 "이웃 마을 가듯 가서" "외할아버지 유택에다 / 가져간 외할머니 쇄골 한 줌 얹"(「두만강을 건너고 싶다」)고 싶을 뿐인 그에게 한국의 근현대사는, 한마디로 표면적 진술과 그것이 가리키는 실질적 내용 사이의 괴리 내지 모순이라는 의미의 "역설"의 연속일 뿐이다. 예컨대 "평화의 댐"이 보여주듯이 "북한"의 "금강산 댐" 폭파를 통한 "수공水攻"을 막겠다고 조성했지만 사실 정권 유지를 위한 "군사정권"의 "교활한" "사기술"로 이는 틀림없이 "빌어먹을" "역설"(「역설이 쌓아올린 댐이 있다」)을 벗어나지 못한다. 또한 한국전쟁 기간 동안 "2만여 명"의 "청춘"이 죽은 전쟁터를 "피의 능선"과 "평화전망대"로 나눠부르거나 "평화와 피가 대칭"을 이루고 있는 것 역시 "어불성설"(「평화전망대 건너 피의 능선이」)에 지나지 않는다.

특히 독립투사나 국가적 영웅들이 "묻"혀야 할 "국립묘지"에 "친일군관들"이 버젓이 "묻"혀 있다는 사실은 참을 수 없는 '역설'의 경우에 해당한다. 그래서 어느 "삼일절"날 "아침뉴스"를 들으면서 "정말" "내 나라의 국기"를 "달아야 하나"(「삼일절 첫새벽 태극기를 달며」) 할 정도로 극심한 회의에 시달린 적도 있다. 그야말로 "매국노와 애국자"가 있되 매국노가 애국자 행세해오며 "그 중간"을 허락하지 않았던 한국 근현대사는 그에게 기대와 실현, 행위와 결과 사이의 배반 내지 모순충돌을 의미하는 "역설"(「사진 속에서 김남주 형 웃고 있다」)적 의미로밖에 다가오지 않았던 것이다.

이런 관점에서 그의 시가 주로 남북분단이 가져온 오랜 '역설'적 상황의 타파打破에 그 초점이 맞추고 있는 것은 매우 자연스럽다. 어디까지나 그에게 "시는 궁핍한 시대의 밥"이자 "억눌리는 시대의 희망"이며, 잘못된 역사와 정치 현실을 비판하고 변혁하기 위한 "날 선 무기"다. 하지만 "이제" 그가 생각하는 "시"는 "세상을 점령한" "점령군만의 간교한 독법을 이"겨낼 수 없으며, 따라서 "한때 희망이었던 이 노래들은 어디에도 가 닿지 못한"다. 그새 달라진 시대 속에서 우리 시대의 시들은 "가슴을 거쳐 목울대를 차오르던 / 희망의 노래들"(「이제 시는 무기가 아니다」)을 전하지 못하는 매우 절망적이고 회의적인 상태에 놓여있다.

하지만 시에 대한 그의 이러한 진단과 회의와 달리, 그의 시들은 '외가'와 '통일조국'으로 가는 길을 가로막는 현실적 제약들과 이데올로기의 간악성을 폭로하고 비판하는 작업을 수행한다. 또한 여전히 여기"저기 숨어"서 남북통일을 가로막는 "날선" 이념과 낡은 사상의 "발톱들"(「봄비 내린다고」)을 지워가는 역할을 수행한다. "전진 아니면 죽음"이라는 지난 시대의 이분법적 대립 속에서 "쓰러져 널브러진 영혼들"을 "아주 느리게"나마 "일"(「왜관 인도교에 서면」)으키며, 불굴의 내성을 가진 새로운 생명 평화의 담론을 창출하는 데 앞장서고 있다.

> 철원 지나 향군마을 지나 백마전적비 가는 길
> 숲은 숲대로 늪은 늪대로 '지뢰 조심' 푯말 오싹하고
> 지뢰 조심 푯말 너머 온통 여름 땡볕들
> 다시 보니 여름 땡볕들뿐 아니다 금불초, 곰취, 엉겅퀴
> 그리고 또 무엇? 안면 있는 들꽃들 너머

소금 뿌린 듯 하얗게 핀 홀아비바람꽃 무리들

경이로운 환생, 더러운 전쟁도 잊히는데
홀아비들의 혼백들 늪을 덮으며 저토록 하얗게 피어
남북도 없이 이념도 없이 서로 몸 비비며
저토록 엉키어 있을 줄을

—「홀아비바람꽃」, 부분

지난 세기 동족상잔 비극의 현장의 하나인 "철원"에서 "향군마을 지나 백마전적비 가는 길"엔 여전히 남북분단이 현재진행형임을 알려주는 "지뢰 조심"이라는 "팻말"과 거기서 오는 팽팽한 긴장감을 나타내는 "땡볕"이 내리쬔다. 하지만 "다시" 자세히 살펴보면 얼핏 간과했던 "금불초, 곰취, 엉겅퀴" 등 "안면 있는 들꽃들"이 피어 있다. 특히 "소금 뿌린 듯 하얗게 핀 홀아비바람꽃"이 "남북"의 경계도, "이념"적 장벽도 없이 "서로 몸 비비며" "엉키어 있"다. 필시 "경이로운 환생"을 거친 "홀아비들의 혼백들"이 피워낸 "홀아비 바람꽃"이 육이오로 대변되는 "더러운 전쟁"을 망각시키고 뒤"덮"는 역할에 충실하다.

달리 말해, 김태수 시인에게 한 사회나 개인이 이상으로 여기는 "사상이나 이념"은 한낱 "공염불"이고 궁극적으로

"형제들 가슴팍"을 향해 "총부리"를 "겨"(「그 날 산에서 낡은 군화 한 짝을 보았다」)누는 지배 권력의 통치수단에 지나지 않는다. 알고 보면, "산을 날다람쥐처럼 날아 다"녔던가 하는 "빨치산"의 "전설"적인 서사도 사실 "쥐뿔대기 하나 없"는 "사상"과 "이념"의 과소비며, 결국 의미 없이 "큰 봉분들"(「저산, 그리고 전설」)만 남겼을 뿐이다. 자칫 "700여 백성들의 목숨"을 앗아간 "거창" 양민학살 같은 "참혹"(「그날 산에서 낡은 군화 한 짝을 보았다」)을 낳는, 낡은 가치체계에 기반한 사이비 이념과 사상에 불과할 뿐이다.

그가 "꿈속에서"조차 "단 한 번 오지 않은 내 외할버지"와 해후하는 지름길은, 따라서 먼저 그악스런 이데올로기 무화를 통해 남북이 "거적때기 하나 걸치지 않은 / 알몸들"(「겨울, 노동당사」)로 마주설 때 열린다. 남북 간의 오랜 단절을 가져온 인위적 "철조망"에 아랑 곳 하지 않은 채 "북방한계선"을 자유로이 넘나드는 "산새들"처럼 필시 강대국이 주입한 이념의 옷을 "홀딱 벗은 알몸"으로 남북이 "뜨"(「아침리 인민학교」)겁게 만날 때 가능하다. 온갖 이데올로기 이전의 시원의 자리로 돌아갈 때 비로소 "통일기원 범종"의 "종소리"는, "해금강 고운 모래톱 한 바퀴 휘돌아" "잡풀 무성한" "내 외할아버지 무덤"에까지 "댕댕댕"(「통일전망대」) 울릴 수 있다.

열쇠 없이도 문이 열렸다
무적 상승 열쇠부대 표시 선명한 전망대 건너
북쪽 풍경이 정겹다
열쇠 없어도 열리는 전망대 문처럼
따끈따끈한 여름 햇살에
한 맺힌 첩첩 철책선 스르르 녹아
아무 일 없듯 휴전선도 열릴 것이다
무적 열쇠부대 푯말 선명한 전망대 건너
북쪽 풍경 참 정겨운 날에

—「열쇠전망대」, 전문

"무적 상승 열쇠부대 표시 선명한 전망대 건너"의 "북쪽 풍경이 정"겹게 다가올 수 있게 만드는 것은 의무적이고 의식적인 노력의 결과가 아니다. '냉전cold war'으로 대변되는 강대국 간 이념전쟁의 대리 전장戰場이었던 남북 사이의 거의 원상회복이 불가능한 차이를 인정할 때 가능하다. 어쩌면 치유 불가능할 만큼 벌어져 있는 남북 간의 차이에서 오는 특수성과 그 차이들이 지닌 고유성을 존중하는 데서 시작된다. 그러니까 이전과 다른 세계로 건너감 또는 도약을 의미하는 통일은 어쩔 수 없는 차이들 간의 균형과 조화에서 오며, 바로 그럴 때 "한 맺힌" "첩첩"의 "철조망들"이 "스스로 녹아"내리고 "아무 일 없"었다는 듯 "휴전선이 열"리는 사태가 돌발할 수 있다.

그의 발길이 자주 '휴전선' 근처로 향하는 것은 그 때문이다. 그는 거기서 단순히 뜻하지 않게 월남越南한 후 "마흔해 외손자 칠남매 잘 거두"신 외"할머니"(「구룡강변 영변 약산 땅 한 뙈기」)에 대한 가뭇없는 그리움만을 드러내지 않는다. 오직 "도라산역 위성사진"이 가리키고 있을 뿐인 "자강도 희천시"의 "외할머니 집"(「외할머니의 집」)에 대한 대책 없는 향수는, '외가'로 상징되는 진정한 통일조국과 조국의 본질에 성찰을 의미한다. 역설적이나마 남북대결의 현장인 '휴전선'은, 가본 적 없는 '먼 곳' 또는 또 다른 이상향으로서 '외가'를 둘러볼 수 있는 최적의 접경인 셈이다.

> 전망대 어디도 태풍은 없다
> 한양에서 백여 리 비끼산 수리봉은 여름 땡볕들
> 양념인가 한 가닥 실바람 불다
> 라디오는 남쪽 먼 바다에서 소멸한 태풍이야기
> 비무장지대는 적막 중
> 열중쉬어한 늙은 왕버들 몇 그루 비스듬하다
> 글쎄, 촬영금지 팻말 배경으로 셔터를 누르는 부부 예닐곱

망원경에 매달린 어린아이 대여섯

해맑은 얼굴의 민정경찰 하나 긴 안내봉案內棒에 턱 괴고

—「태풍전망대」, 전문

아이러니하게도 '휴전선'상에 있는 '태풍전망대'는 비록 일시적이나마 일상의 분주함과 작업의 소음으로부터 가장 많이 차단되고 벗어나 있는 평화의 무풍지대다. 특히 그곳은 그 "어디"에도 이념 갈등의 "태풍"을 찾아볼 수 "없"는, 그야말로 남북대립의 소용돌이 속에서 발생하는 "태풍"이 "소멸"해간 지점이다. 그 어떤 정치적 "금지"나 이념적 제약 없는 곳으로 누구나 쉽게 접근할 수 있는, 친근하고 "해맑은 얼굴"을 한 침묵하는 근원이자 새로운 남북통일의 "전망"이 싹트는 곳이 바로 깊은 "적막"에 빠진 "비무장지대"이다.

김태수 시인은 이번 시집 '시인의 말'을 통해, 단도직입적으로 외갓집에 갈 수 없는 나라가 어찌 내 나라라고 할 수 있는가란 문제를 제기하고 있다. 한 인간이자 민족의 구성원으로서 최소한의 이동자유권조차 보장하지 못하는 조국을 과연 조국이라고 할 수 있는가라는, 매우 중차대한 존재론적 질문을 던지고 있다. 곧 그의 질문은 '우리는 누구인가?'란 질문을 던지는 일이자 통일의 주체로서 "칠순의 외손자"인 그를 한 번도 가본 적 없는 "외가 쪽으로 / 한

걸음"(「외할머니, 휴전선 넘지 못하였나보다」)씩 떠밀 듯 앞으로 나아가게 만드는 원동력으로 작용하고 있다. 자신의 정체성의 재정립하고 통일시대에 걸맞은 새로운 정체성을 확립하려는 시도가, 그의 "깊디깊"은 내면에 "그리움으로" "각인되어 있"으며 "죽기 전에 꼭 가"고 싶은 "외가" 찾기로 나타나고 있는 것이다.

하지만 여전히 남북 간의 이동을 제한하는 여전한 "철조망"으로 인해 그의 가슴 속에서 "안타까움만 더할 뿐"(「나 어찌 외가에 갈 수 있으랴」)이다. "사방이 철조망"으로 둘러싸인 남북의 접경 "도라산역"에서 "머리칼 위로" "전투헬기"가 "잽싸게 지나"가는 "을씨년스러운" 풍경을 바라보고 있는 "은빛 머리칼 여든 살"의 실향민 "노인"(「도라산역에서」)은, 유감스럽게도 실상 그의 미래적 자화상의 투사나 다름없다. "외가" 근처의 "산골학교 교장이 되면 / 개마고원 날선 바람"에 "언 가슴"의 "이이들"을 "감싸 안으"려 했던 소박하고 아름다운 시인적 소망은 쉽게 실현될 조짐이 안 보이는 실정이다.

그럼에도 불구하고 그는 "이제 아무 데도 없"는 "외가"에 "꿈에라도 가야"한다고 강박적으로 말한다. 그렇게라도 가되, "예전 그대로"(「외가를 찾습니다」)의 '외가'를 방문하고자 한다. 그러면서 마치 "한강과 임진강이 만나 서해로 흐르듯/ 남북"이 하나의 "물길"이 "되어 흐르"며 "그렁그렁 울부짖는/ 폭포"를 만드는 남북통일 또는 한민족의 발흥의 시대를 만나고자 한다. 무엇보다도 그는 존재론적 고향인 '외가'로의 귀향을 통해, 이제껏 전혀 준비되거나 예측할 수 없었던 새로운 역사의 지평선과 만나고자 한다. 또는 "핵발전소"로 오염되기 이전의 "젊은 바다에서" "싱싱한 처녀수處女水"를 "뽑아 올"(「삼팔선에서 동해를 보다」)리고자 한다. 어디까지나 그의 '외가'와 '외할머니'가 다름 아닌 그의 실존의 전체성과 통일성을 가능케 하는 불퇴전의 보루이자 시원이면서 동시에 그의 삶과 시의 영원한 출발점이자 회귀점일 수밖에 없는 까닭이다.

외가 가는 길, 홀아비바람꽃

초판 1쇄 발행 2020년 5월 20일

지은이 김태수
펴낸이 조기조
펴낸곳 도서출판 b

등록 2003년 2월 24일 제2006-000054호
주소 08772 서울시 관악구 난곡로 288 남진빌딩 302호
전화 02-6293-7070(대) 팩시밀리 02-6293-8080
홈페이지 b-book.co.kr 이메일 bbooks@naver.com

ISBN 979-11-89898-26-7 03810
값_10,000원